JN189396

ヤポンスキーマダム・ダワイ

はじめに

ドキュメント　ヤポンスキーマダム・ダワイ

戦争に敗けるということがどんなに酷いことであったのか当時の北朝鮮在住者は身を以て体験させられました。私たちが住んでいた人口約十万の咸鏡南道咸興市では、一万二千人の日本人在住者に北からの避難民二万人強が加わって、職なく、家なく、飢えと寒さと、伝染病の蔓延と、その上さらに毎日のように何処(どこ)かで行われるソ連兵の女狩りに悩まされながら、まるで乞食さながらの状態で冬を越したのです。現地で無念の死を遂げた人は二万五千人とも言われ、凍土(こおり)のため満足な墓穴も掘れず、咸興では聯隊左手の裏山の共同墓地に、興南では三角山に、死体は幾重にも積み重ねられたままで心ならずもそのまま残して来たのです。

現在（２０１５年）シリアからの難民のニュース画像を見る度に、七十年前の我々の姿を思い出します。避難の途中では、随所にソ連兵の暴虐や殺戮があり、半島人からの嫌がらせや暴行・略奪に合い、常に生命の危険にさらされながらの逃避行でした。
七十年前の昔の事、今は知る人も少なくなってきましたが、無謀な戦争の記録遺産として語り継いでいかねばならないと思うのです。

二〇十五年十月　　武田　直子

目次

第一章　米寿の祝い
八十八歳の同窓会……08
第二章　当時の北朝鮮
咸鏡南道……09
興南府……10
元山で生まれて大阪へ……12
感興府……13
咸興府での暮らし……14
咸興女学校……14
皇民化……17
学校を卒業して……18
第三章　戦後
玉音放送……19
戦後の混迷……20
第四章　咸鏡北道から咸興府への避難民
北からの避難民第一号……22
避難民で溢れる咸興の町……22
第五章　家屋の接収
遂に我が家も立ち退きか？……23
当時の集団収容所名と人数……24
第六章　日本人は日雇い労働者
公会堂の掃除婦となる……25
おかしな縁談……27
第七章　ヤポンスキーマダム・ダワイ
北あや子さんの場合……29
島田鈴子さんの場合……31
中井倫子さんの場合……32
逃げられた人はまだ良かった……33
九月十九日　駅前広場……33
咸興中学の先生殺される……33
城津では／田村 芳男……34
十月二日　咸興神社で……34
ソ連兵の夜襲／上原 市作……35
死滅の淵より生還の中より／道場 等……36
北朝鮮脱出記より／内藤 毅……36
トイレに行けない避難所の生活……38
病人でも、老人でも、昼も夜も女性は狙われた……38
興南……39
富坪……39
興福寺十一月のある日……39

「ヤポンスキーマダム・ダワイ」考察……40
異国の人は肉感的……40
赤線……41
時は流れる。時間は文明を変えていく……42
私は言いたい。「命に係わる時は命の方が大切です」……43

第八章　引き揚げ・逃避行

引き揚げは何故遅れたか?……44
松村義士男・磯谷季次両氏の活躍……46
我が家の引き揚げ（松本家）……46
三十八度線突破・死の行進／西田　初恵……48
咸興から歩いて歩いて三百五十キロ／古嶋　淳子……49
我が終戦の記／東　一三子……53
終戦の思い出／津谷　幸子……56
月蒼き三十八度線／小幡　アヤメ……61
思い出／加田　澄子……64
アルマイトの弁当箱／古路　鈴子……66
医者として殉職した父の遺骨を胸に／高田　和子……68
警察官の家族の運命／二宮　イサ子……70
三十八度線の痛哭／水島　寿美子……88
思い出の記／江里　久夫……103
追記……111

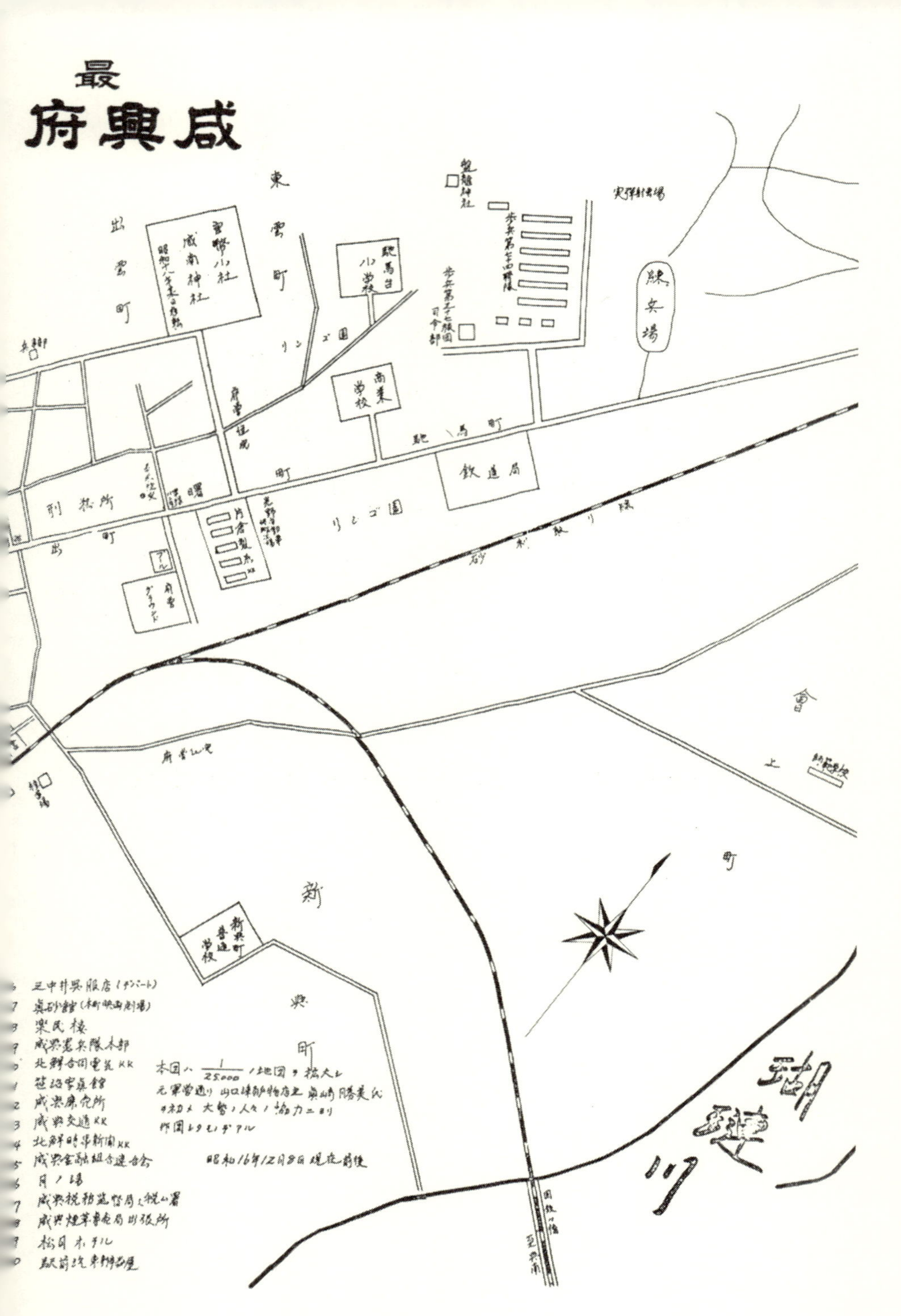
最
咸興府
東雲町
出雲町
咸南神社
馳馬台小学校
歩兵第七十四聯隊
歩兵第三十七旅団司令部
練兵場
リンゴ園
商業学校
馳馬町
鉄道局
刑務所
曙町
出町
片倉製糸KK
リンゴ園
砂利取り線
新興町
新興普通学校
會上町
師範学校
三中井呉服店(デパート)
楽民楼
咸興憲兵隊本部
北鮮合同電気KK
咸興専売所
咸興交通KK
北鮮時事新聞KK
咸興金融組合連合会
咸興税務監督局・税務署
咸興煙草専売局出張所
駅前汽車弁当屋
本図ハ 1/25000 ノ地図ヲ拡大シ
大警ノ人々ノ協力ニヨリ
作図シタモノデアル
昭和16年12月8日 現在前後
川

新
案内圖
ハムン
府営競馬場
城
江
●松本家
軍営通一丁目五十六番地
1 駅前交番
2 新興鉄道KK 咸興駅
3 朝鮮運送KK 支店
4 三国商会KK 支店
5 大二商会
6 咸興館 アカツキ
7 泰華楼
8 咸興煙草 KK
9 新興林業KK
10 大和湯
11 常盤旅館
12 殖産銀行
13 咸興劇場
14 咸興タクシーKK
15 咸興郵便局

第一章　米寿の祝い

八十八歳の同窓会

平成二十七年四月十二日。ホテル・ニューオータニ大阪のスワンの間で、朝鮮咸鏡南道咸興公立高等女学校・第十七回生の最後のクラス会を開催した。出席者は当年とって八十八歳。

「米寿の祝い」

も兼ねていた。金茶色の頭巾を被り、同色のちゃんちゃんこを羽織って、手には白扇を携えて全国から集まってきた。当時は二クラスで、百名は居たと思われる同期生も、引き揚げによる行方不明者・病に倒れた物故者・転居先不明者なども増えてきて、我らの平均寿命を過ぎてからは、一年に五・六名もの方の訃報に接するようになり、もはや余命の長くないことを悟った。

そして「戦争・敗戦」という未曽有の時代に直面し、あまりにも過酷な「引き揚げ」の運命にさらされた私たちの数奇な生きざまを、今までは家

族にさえも語らなかった赤裸々な真相を、
「今こそ伝えるべき時ではないだろうか」
という使命感が私たちに行動をおこさせたのです。思い立ったのが少々遅すぎて、少なくとも十年早く取り掛かっておればもっと立派なものが出来たのに・・・と残念でなりません。

七十年前の私たちは、当時　花の十八歳！

お洒落で、活発で、自由を謳歌し、未来を夢見て、みな颯爽としておりました。しかし、往年の美女たちも、今は寄る年波に昔の面影は既になく、それ相当の老婆の姿と化してしまったのですが、気持ちは昔どおり、ヤンチャな女学生時代に忽ち戻ってあれこれと昔話に花が咲きました。

本日の出席者はたったの六名でありましたが、自力での出席は二名。あとの方は孫や子供さんの付き添いで、一名は車椅子での出席でした。出席したくても出来なかった人たちのそれぞれの理由はと言えば、

1．足が弱って、遠くには出られなくなった。自宅から外へは出ていないという人もいた。

2．耳が聞こえなくなって、人の言葉が聞き取れない。補聴器が合わない人が多い。

3．一人で電車に乗ることが出来ない。家の人が外に出してくれない。なんでもすぐに忘れてしまう、まだらボケの状態。

4．更にボケが進んで、友達のことも、家族の名前も憶えていない人。

5．ベッドに寝たきりの人。この状態の人は4も兼ね備えている場合が多かった。

現時点での生存者は、三十名前後と思われる。

第二章　当時の北朝鮮

咸鏡南道（かんきょうなんどう）

日本統治の時代（一九一〇年から一九四五年）朝鮮半島は十三道に分かれていた。東海岸は北から咸鏡北道・咸鏡南道・江原道（こうげんどう）の一部、西海岸は平安北道・平安南道・黄海道（こうかいどう）が現在の北朝鮮で、咸鏡南道はこの国の東側の中心地で、摩天嶺（まてんれい）山

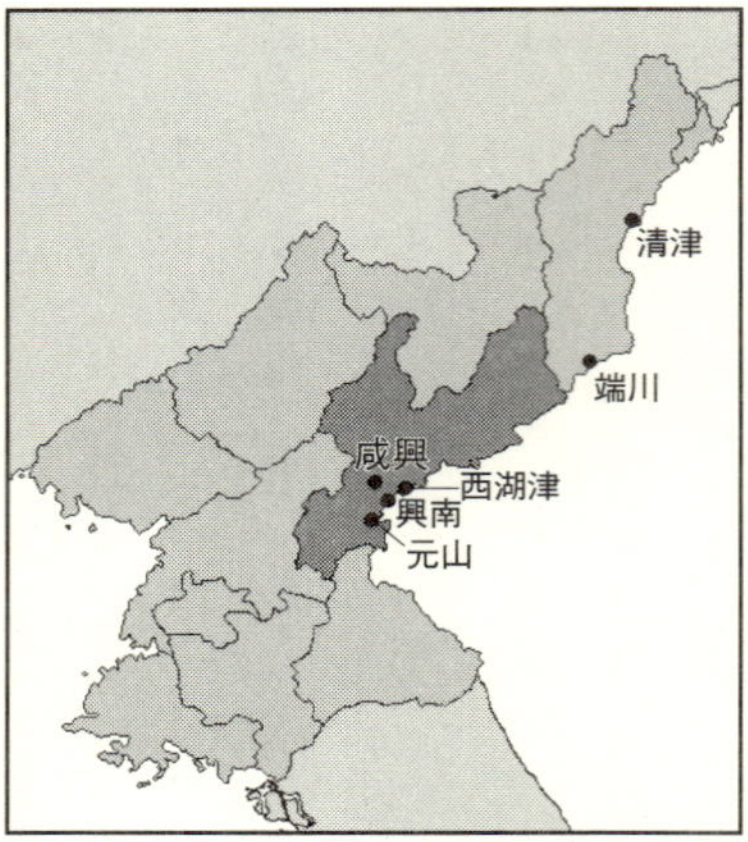

脈、赴戦嶺山脈、蓋馬高原などの山々が聳え立ち、原始林が多く、水産資源も豊富。日本統治の頃、鴨緑江の支流を堰き止めて建設された長津湖・赴戦湖のダム湖があり、豊富な水力発電を利用して、日本海沿いには化学工場や機械工場などの大工場地帯が形成されている。咸興（朝鮮名・ハンナム）に道庁があった。

面積は　一八、五三四キロ平方メートル

人口は現在　三、〇六六、〇一三人（北朝鮮発表）

一九三六年　一七二万人

主要都市は　咸興府（市）興南府　元山府など。

興南府

咸興に隣接する「興南」の町は、最初は人家もまばらな寒村であったが、昭和五年、稀代の事業家野口遵氏によって「朝鮮窒素」の工場が建設されてから、その後大々的に長津江と赴戦湖の水力発電所が建設されるや、大発展を遂げ、窒素肥料・火薬・マグネシューム・硫酸アンモニアなどの金属化学関係の工場群が、幾つも幾つも多岐にわたって立ち並び、多彩な製品を製造する世界に誇る大工場地帯になっていた。終戦時の人口は十八万人にも及んだという。

ある時私は、興南から来ていたクラスメートの山本莞子さんの家へ遊びに行った。そこで私が驚いたことは、興南と言

興南工場

興南社宅

うところは同じような赤煉瓦の社宅が幾つも幾つも並んでいて、家の中に入ると何とも言えない心地よさ、全館がスチーム暖房で、外は真冬でも部屋の中は春のように温かく、天国のような快適さであったことだった。咸興の我が家に比べて天地の違いと羨ましかった事を覚えている。

また近頃になって莞子ちゃんに聞いてみた。

「日本窒素」は水俣に引き揚げてから、あのように水銀を垂れ流し、大きな社会問題となったが、朝鮮の興南工場からは、毒素は海に放出されなかったの？　私たちの食べた魚は安全だったのかしら？」と言うと、

「興南の空は何時もどんよりとした灰色で、工場の付近は悪臭が漂い、空気はいつも悪かった。呼吸器系の病気になる人が多く、特に若年層の結核患者が多くて、日本人も、半島人もバタバタと倒れていったのよ」

「海はどうなっていたの？」

「海は工場が広く占拠していたので、どうなっていたのか知らない」と言う。

いくら囲いをしても海水は流れ出てくる筈、隣接する西湖津はめんたい漁港である。私たちの昼の弁当のおかずには、誰もかれも「めんたいの子」が入っている。当時北朝鮮では、日本内地に比べて、林檎とめんたいの子は非常に格安で、母はめんたいの子は樽で買い、林檎はオモニーが頭に乗せてくる木をくり抜いて作ったお鉢のような入れ物一杯を、一度に購入していた。もし終戦がなくて、そこにそのまま住んでいたら、大勢の人々が水俣病で苦しんでいたかも知れないのではないか？と言う事も考えられないことではない。

戦後、武装解除されて、何も知らされていない日本兵は、この興南の港から船に乗せられて、シベリアに送られた。

元山（げんざん）で生まれて大阪へ

咸興の町から南へ約二〇〇キロの所に位置する元山は、植民地への移住を奨励した日本政府によって、明治十三年、釜山に次いで、二番目に開港された古くからの港町で、したがって比較的早くから多くの日本人がここには住み着いていた。

私の父、松本猛も若い頃、元山府明治町六番地に弁護士事務所を開業しておりました。

私は小学二年生の春までそこで過ごしました。家の前は、広い平元通りで、元山中学の生徒たちは、足にゲートルを巻いて、布製の鞄を肩にかけ、この通りを歩いて学校に通いました。裏手の小高い丘の上には測候所があって、お昼には「ドン」と大砲の音がして時を知らせてくれました。

ここでは一年生の冬の朝、十二月二十三日。皇太子様がお生まれになったので、町中にサイレンが鳴り響き、旗行列でお祝いをしたことがありました。元山の冬は雪が深く、子供用のスキーを買ってもらって赤田川の土手に続く道路ですべりました。泉町小学校の坂でもすべりました。ミカン箱に竹の足をつけてソリを作ったり、楽しい思い出もたくさんあるのですが、父が大阪の政友会の代議士の先生に呼ばれて、大阪に移り、大阪市西区江戸堀北通りに、居を構えました。船場の御嬢さん（いとはん）達と友達になりました。しかし、その後その代議士の先生が落選してしまったので、収入も覚束なくなったとかで、再び朝鮮に渡りました。今度は元山より北の咸興で、私が五年生の秋でした。

咸興府廟

咸興府

咸興は地図で見ると北朝鮮の東側、日本海の内側、半島が丁度くの字型にくびれた所で、北緯四十二度・東経百二十三度に位置し、朝鮮名で「ハンナム」と呼ばれ、北朝鮮では平壌（ピョンヤン）に次ぐ大都市である。

咸興はまた、古より漢民族・女真族等に領有されていた時期もあったが、約五百年前、李成桂によって平定され、半島は統一された。咸興は朝鮮独立の基礎を固めた李朝発祥の地として、歴史にもそれにまつわる名所旧跡が多い。近くには李成桂が幼時を過ごした学問所としての「本宮」があり、弟たちの通学した「咸興中学」はそこに建てられていた。李一族の墓所である「定和陵」・「帰州寺」などは、松の木立が美しく、学校の遠足の恰好の場所であった。

また豊臣秀吉朝鮮出兵の時には、加藤清正は咸興を抜けて咸鏡北道の「清津」「会寧」まで軍を進め、続く鍋島直茂は、「咸興」を本城として一年近くも滞在し、私たちの愛してやまない盤竜山に城址を築いたと言われている。

咸興は咸興平野を潤す城川江の流れに沿い、盤竜山の緑を背負って新興の機運みなぎる市街を展開していた。まさに北鮮の雄都と言うにふさわしく、町は清新の気に満ちていた。当時の咸興府の人口は十四万、うち日本人が一万二千人ぐらいか？約一割くらいの日本人が政治・経済と町の治安を保っていた。異常とも言えるほどの多数の警察官が配置されていた事も後で解った。いずれにせよ、興南は工場群の林立する大工業地帯、咸興は咸鏡南道を統括する行政の町であった。

咸興での暮らし

咸興の生活は快適でした。大阪の小学校の運動場は狭く、教室で囲まれた真ん中にコンクリートで固められてあったので運動会は電車に乗って郊外の運動場で行われました。私はいつも一等賞でしたが、朝鮮では二等賞で、やっとリレーの選手に選ばれるくらいでした。現在のように受験戦争も厳しくなく、殆どの人は女学校の入学試験にパスしました。我が家には次々に弟たちが生まれたので、母はいつも忙しく、半島人のオモニー（大人の女性）と中学生くらいのヤー（子守りをしてくれる女の子）を雇っていました。父は事務員さんといって、通訳をしてくれるインテリの男性を使っておりました。したがって子供の私たちも遊び放題で、冬はスケート、夏はプール、春秋は盤竜山の丘に、城川江の岸にと自由気ままに走り回って、遊んでばかりいたのです。

咸興にはまた、陸軍七十四連隊が常駐し、第三十七旅団司令部も置かれていて、軍隊の町でもあったのです。目抜き通りの名は、「軍営通り」と名づけられ、因みに私の住んでいた家は、軍営通り一丁目五十六番地。通りをずうっと抜けると、音羽屋・鈴川・玉川・由良の助・一心楼・新玉・永楽などなどの遊郭が繁盛し、長崎亭・加茂川・淀川・あかつきなどの日本料理家や、クロネコ・雀のお宿・浪花・楽々・金蔦などと、名前を聞いただけでも覗いてみたくなるようなカフェーや小料理屋が軒を重ねており、映画館・大劇場と競馬場まで揃っていて、日本人は何不自由なく、植民地生活を謳歌していたのでした。

咸興女学校

駅前の昭和町の大通りを真っ直ぐに進むと、陸軍官舎を抜けて、赤レンガ造りの三階建の校舎が「咸興小学校」で道路を隔てて、直ぐ上の段には、盤竜山の麓、アカシアの花が白く可憐に咲き、コスモス揺れる緑の土手に囲まれた「咸興女学校」が小学校と同じように建てられていた。正面の階段を登ると、前面は広い運動場で、テニスコート・バレーコート・バスケットコートなどとなってい

咸興女学校

て、裏庭は冬場になると、消防車が来て水を注ぎ、アイス・スケート場に変身する。

夏休みに入るとすぐ、咸興中学も咸興女学校も、汽車に乗って西湖津の海岸の海水浴へ学校が連れて行ってくれた一週間は楽しかった。日焼けは私たちの鼻の頭を直撃し、表皮が剥けてみんなが赤鼻になってしまっていた事など思い出してもおかしくなる。

十二月十四日の義士祭の日には、一斉に学校をスタートして盤竜山目指して駆け登り、眼下に城川江の流れをみながら切り立った尾根を走ったマラソン大会も懐かしく思い出される。丘陵に沿って流れる大河城川江には、長い長い万歳橋が対岸まで懸かっていて、冬は私たちの格好のスケート場となり、夏には岩場に白布を泳がせて、オモニー達が洗濯するキヌタの音が聞こえてくる。城川江より分岐した瑚連川は南の「興南」「西湖津」の町へと続いていて、スケート大会はここでおこなわれた。

しかし、戦局が次第に険悪になってくると、国民生活にも陰りが生じてきた。物資の配給制が始まり、出征兵士の見送り、勤労動員などと、非常時体制に移行してきた。どこの学校でも校門を入ると奉安殿があって、二宮尊徳と乃木大将の銅像があるのですが、銅は貴重品だというこ

式典（代表は筆者）

とで、私たちの学校のは、楠正行とその母の楠公母子像が陶器で作られ、除幕式が行われた。

一番残念だったのは、日本内地への修学旅行が私たちの時から取り止めとなり、折角の旅行積立金が返された事だった。「下関でバナナを食べ、京都で「八つ橋」を買い、東京で銀ブラをする」という夢は全く消えてしまい、本当にガッカリであった。

私たちの年代は、小学校に入ると同時に満州事変が起こり、国語の教科書は、「はな。はと。まめ。ます。」だったのが、「サイタ　サイタ　サクラガサイタ」「ススメ　ススメ　ヘイタイ　ススメ」に変わって、一年生の時に満州事変が起こり、五年生では日中戦争となり、女学校四年生の時には、太平洋戦争となった。真珠湾で特殊潜水艇に乗り、敵艦に体当たりされた九人の方々は、九軍神としてあがめられ、その写真は教室の黒板の上の真ん中に飾られて、教室に入る時には最敬礼をしてから入らなくてはならなかった。その中でも一番若い広尾彰大尉は、九州佐賀県の出身で、夫とは同郷であったので、後にそのご両親が私たちの結婚の仲人になって頂いたのは奇遇であった。私たちの仲人は神様の親だったというわけ。

師範学校を卒業して、国民学校に就職した年の夏、やっと戦争が終わってくれた。「学生のあいだ中はすべて戦争中だった」という事で、あまり幸せな時代ではなかった。いずれにせよ、私たちの咸興女学校は、「日本内地のどの学校よりも遥かに立派で美しく、すばらしい学校だった」と、想い出の中にしっかりと刻み込まれているのだが、一九五〇年に始まった朝鮮戦争の際に、咸興の町全体が殆ど壊滅状態になってしまい、哀しいかな、私たちの学校も現在跡形もなくなっているらしいのは大変残念な事である。

皇民化

明治二十八年の日清戦争以後、朝鮮・台湾・樺太の南半分は、日本領土として内地と同じく赤く塗られた地図を学んできた私たち。勢力を強め続けた日本軍部はさらに北方の満州までを視野に入れており、朝鮮半島は重要な軍事基地であったのだ。政府の方針として、朝鮮総督府は半島の人々の皇民化を急いでおり、「内鮮一体」「国体明徴」のスローガンのもとに、「皇国臣民の誓い」なるものを制定して、私たちは事ある毎にこれを唱えさせられていた。

皇国臣民の誓い（其の一）小学生用

一ツ　私共ハ、大日本帝国ノ臣民デアリマス。
二ツ　私共ハ、心ヲ合ワセテ天皇陛下ニ忠義ヲ尽クシマス。
三ツ　私共ハ、忍苦鍛錬シテ立派ナ強イ国民ニナリマス。

皇国臣民の誓詞（其の二）中等学校以上用

一ツ　我等皇国臣民ハ、忠誠モッテ君国ニ報ゼン。
二ツ　我等皇国臣民ハ、互ニ信愛協力シ以テ団結ヲ固クセン。
三ツ　我等皇国臣民ハ、忍苦鍛錬力ヲ養ヒ、以テ皇道ヲ宣道セン

　このような言葉は何度唱えさせられても、実感は湧かず、鸚鵡返しにお経を唱えているようなものであった。

　初代朝鮮総督府総監となった伊藤博文は、朝鮮の教育文化政策として、学校建設を最優先の課題とし、小学校の数は、統合直前には、百校程度であったが、一九四三年（昭和十八年）には四二七〇校にまで増加している。このため学校の建設は重要視され、咸興の町には日本人用の小学校が二校、半島人用は普通学校と呼ばれて七校もあった。錦町小・栄町小・黄金町小・地馬台（ちばだい）小・永和小。新興小。城南小。など。

　女学校は日本人向けの咸興女学校に対して、半島人向けは、咸南女学校・と永世女学校の二校。男子用としては、咸興中学校が日本人。咸南中学と永世中学が半島人向け、咸興商業と咸興農業は共学だった。その他に咸興師範と咸興医専もあったが、これ等は女子用ではなかった。

　この様に一都市の人口に対して、当時の教育予

算は膨大なものであったと思われる。しかし学校ではすべて日本語が使われ、朝鮮語を使用することは禁じられていた。この制度はあまりよくなかったのではないか?と私は思う。朝鮮語もある程度混入して、お互いの文化を尊重しあい、発展していくのが望ましい姿ではなかったろうか?と考える。また、創氏改名の制度が追い討ちをかけ、これ等はみな、「仏作って魂入れず」の結果となり、教育を受けた多くの半島人のなかには、自尊心を傷つけられて抗日の志を育む人たちが多く出たのだろうと思われる。

私は思うのに、日本人も朝鮮人も区別せずに、同じ学校で学ばせてほしかった。朝鮮で育ったのに朝鮮語も知らず、朝鮮人の友達も少なかったのは残念至極である。

かつて私がインドに旅行した時、ツアーガイドとして同行したのは、インドの東大といわれる大学の哲学科を卒業したジテンドラさんと言う四十歳くらいの男性で、日本には一度も来たことがないのに、素晴らしい日本語での案内を受けたのだが、インド国内に残っている瀟洒な建物、大英帝国の名残を示すような歴史ある建築物に対して、彼は明らかに不快感を現した。反対に日本に対しては好意的だった事に私は少なからず驚いた。被支配者の怨念といったものは、何年たっても消えることはないのだと悟った。

とにかく半島人の皇民化は成功しなかったと思う。

学校を卒業して

昭和二十年四月、母校の咸興国民学校の訓導に任命された。月俸は百円。八月の終戦まで、たった四か月間の教員生活ではあったが、「欲しがりません。勝つまでは」のスローガンのもとに、生活全般に苦しさが滲み出てくるようになり、学校でも勉強らしきものは少なくなってきて、毎日が勤労奉仕。、四年生の児童を連れてリヤカーを引いて山に松根掘りに出かけるのだった。四年生の女の子が松の根を掘り起こすことが出来るだろうか?教師がやるよりほかはなかった。それでもやっと学校に戻ると、クラス別の成果がグラフになって張り出されていたりする。たまに空襲警報のサイレンが鳴ると、夜中でも学校に駆けつけ、天皇陛下のお写真を奉安殿から裏山に掘った防空壕の中へ運び入れなければならない。そして何時間もそこで待機。みんな疲れてしまって、元気者の私でさえ、ウンザリするような時間が過ぎて行くのだった。

第三章　戦後

玉音放送

「今日は正午に重大放送がある」と言うことで、夏休み中でしたが登校する事になりました。

その時父が言いました。

「日本が戦争に負けたという事を発表するんじゃ」と。

「そうか。負けてしまったのか。これからどうなって行くのだろう?」

私たちには何にも分からなかった。

校長が運動場にみんなを集めて言った言葉は、

「日本は戦争に負けたのではない！　天皇陛下の命令によって、戦争を一時止めただけだ！」

何たる詭弁?負け惜しみ・・・この期に及んでもまだハッタリめいた言葉で人を惑わすつもり?

私はこの校長が嫌いでした。昭和二十年四月。同級生だった丸田千恵子さんと私の二人は、母校である咸興小学校に新卒として赴任することが出来て、嬉しかったのだが、二～三か月も過ぎた頃、校長が私に対して言ったのは

「松本先生は、学校の成績は上々であったのに、勤務の成績は丸田先生の方が上だな」

この言葉はグサリと胸に突き刺さり、今でも忘れられないでいる。丸田先生は四人姉妹のなかに育ち、お父様が病気がちで、お母様が所帯を切り回しておられる、どちらかといえば、世事にたけたご一家のようすだったが、一方我が家はと言えば私の下に五人の弟がいて、勇ましいだけが取り柄という対照的な家族であった。その頃は汽車の

家族の写真（男の子ばかり）

切符を購入するのもなかなか困難な時代で、丸田先生のお姉様が交通公社にお勤めの関係で、校長先生には便宜を図ってあげたりされている様子でもあった。世事ではとても彼女に及ばなくて、私は常に脱帽！

そして何より嬉しかったのは、敗戦になってお茶の稽古に行かなくてすむようになった事だった。毎週土曜日の午後には女子職員は皆、校長宅に集まり、校長夫人から茶道のレッスンを受ける事になっていたのだった。

一方、教頭の江里久夫先生は人格者で誰からも尊敬されておられた。

戦後の混迷

敗戦となっても、私たちはこれからどうなって行くのかサッパリ解らず、軍隊も警察もなくなって、日本政府にも見捨てられ、帰国すら叶わずに乞食の生活を送らなければならなくなる・・など誰が想像し得たでしょう。

「日本は負けた」とラジオを聞いて一人で判断していた父親に、もう少しの先見の明があったなら、何もかも捨てて、私たちをすぐ汽車に乗せればよかったのです。実際に、軍人・鉄道・公務員の家族の一部は、いち早く荷物まで乗せて、京城に到達していたのです。私たちのクラスにも昭和二十年に帰る事が出来た人が何人かはいたのです。

▲　八月九日　ソ連軍北朝鮮に侵攻

▲　十三日　ソ連軍清津に上陸

▲　十六日　刑務所の政治犯解放

△　十七日　秋山義光中将定平にて割腹自決（副官介錯する）

△　十九日　ソ連軍元山港に侵攻

▲二十一日　ソ連軍戦車隊　咸興に侵攻・駐留
△二十二日　三十八度線決定
△二十三日　日本兵武装解除されてシベリア
　　　　　へ送られる
▲二十四日　行政移譲（岸知事よりソ連側に）
△　　　　　岩佐部隊長自決（咸興小学校部
　　　　　隊長室にて）
△　　　　　独立歩兵第一〇九大隊長坪井大
　　　　　佐自決
▲二十五日　朝鮮民族咸鏡南道執行委員会
　　　　　へ治安・行政の委任（ソ連側
　　　　　より）
▲　　　　　京元線鉄道が不通となる
　　　　　北青俗厚駐在所の陣内巡査部長
　　　　　夫妻自決。五人の子供孤児となる
△二十七日　志村豊彦警察署長　刑務所に
　　　　　収容後死亡
　　　　　庭瀬信行咸興府員（市長）刑務
　　　　　所へ
△二十八日　岸勇知事以下　道庁幹部収容所へ
　　　　　軍人・警察官・法院関係者収容所
　　　　　へ（後日延吉に移送される）
　　　　　小堤源弥特高主任・夫人と共に
　　　　　自決。（ご息女の小堤先生は、
　　　　　同僚）

私たちには新聞・ラジオなど、あらゆる情報は断たれていてこのような上層部の出来事もなかなか聞こえてこなかった。街は飢えた狼のような汚いロシア兵の狼藉と、今こそ日帝三十七年の支配から解放されて、民族の独立の時が来たと「マンセー。マンセー」の雄叫びを挙げて喜びを謳歌する半島の若者たちの勢いに、日本人は外へ出る事が出来なかった。

母と私はいざという時は畳を一枚剥いで、床下に隠れるように準備していた。

その頃から咸興より北に住んでいた日本人たちが、着の身着のままの乞食のような格好で、この町へと大量に避難してくるようになったのだった。

第四章　咸鏡北道から命からがら咸興へ

北からの避難民第一号

八月二十九日、最初の避難者がやってきた。

「自分は京城の部隊から派遣されて清津に駐屯しておった経理関係の兵隊でありますが、清津が占領されたので原隊に復帰すべく、京城を目指して南下して来たのでありますが、あいにく『咸興駅からの列車が出ない』という事で困っております。恐れ入りますが、列車が運行するまで二〜三日間、泊めて頂けないでしょうか？」

その人は朝鮮服を着ていたが、それでも布に巻いた軍刀らしきものを持っていた。父は承知して家に上げ、清津方面の様子などいろいろ尋ねていたが、この時すでに三十八度線が出来ていて、南への交通が不可能になっていた事を誰も知らなかったのだ。七人一緒だった他の兵隊たちも、医者とか商店とかを探してそれぞれ分宿し、結局来年の春の引き揚げまで、彼はうちで共に暮らすことになった。この人は、「竹田秀俊」と名乗り、京都大学法学部二年生で学徒出陣となり、中支・北鮮と転戦の後、敗戦で咸興にたどり着き、「お宅の法律事務所の看板を見て、お願いに来た」と言った。以後竹田さんは、まるで家族の一員のように、中学生の弟と二人組で、鋸と斧を持って朝鮮人の家の薪割りの仕事に従事した。朝鮮の冬は長いので、金持ちの家では松の丸太を牛車一杯まとめて購入し、切って割ってオンドルに焚くのだ。火付のための松葉もまた、牛車一杯を購入していた。

避難民で溢れる咸興の町

竹田さんが来て一か月もしないうちに、北からの避難民が着の身着のままでの、乞食のような恰好で、続々と咸興の街にやってきた。命からがら咸興の町にたどり着いた人々が、駅前広場で野宿したり、ソ連兵に犯されたり、それをかばって銃殺されたりしたことなど、当時私たちにはニュースとしてすぐには伝わっては来なかったので、何も知らなかった。

しかし、駐留してきたソ連兵は汚かった。頭は丸坊主・汚れた軍服にボロボロの古い靴。入れ墨をした毛むくじゃらな腕には、日本人から奪った腕時計を幾つも幾つも巻きつけて、その赤ら顔は見るからに恐ろしかった。

やがて「日本人世話会」が設立され、万を越す気の毒な人たちは、咸興在住の日本人家庭に割り当てられ、私の家も二階二間に四十人を越す人たちが住む事になり、トイレは庭に穴を掘って蓆で囲って新設し、ベランダで家族毎に自炊をされるようになった。間もなく一組の老夫婦が相次いで亡くなられた。黒川さんと言われ、茂山では大金持ちと言われていたとか・・豊かな生活をしていた人たちから次々に倒れて行った。

ある朝私が庭に出てみると、自宅の石炭置き場で一人の男性が倒れていた。その人はもう動かなかった。初めて死人を見た私はショックだった。可哀想に飢えと寒さに耐えきれなかったのだろう。温かい部屋の中にいる私たちに声かける事もせず、死んでいった身元不明の日本人が哀れで、いつまでも忘れる事が出来なかった。

第五章　家屋の接収

遂に我が家も立ち退きか？

十月二十三日、朝鮮保安隊は、突如地域を指定して日本人の集団移転を強行した。錦町・本町に住んでいた二百五十所帯八六八名は、時間制限つきで、もと遊郭であった一心楼・ほへと・永楽・玉川へと移転させられた。

次いで二十五日には、軍営通り・朝日町居住者が次々と退去させられ、家屋は勿論、家具も接収されて街頭に追放された。退去者たちは、もと遊郭の空いたところや、寺院や、また未接収者の市内在住者の家屋などに分散して居住しなければならなくなった。これらの事は悪質保安隊の目にあまる行為で、日本人の家財道具を簡単に略奪する方法でもあった。

私たちの家も突然接収されて、朝鮮人の金さんの家になった。金さんの家はソ連軍に接収されたのだそうだ。私たちはどこに住んだら良いのか新しい場所を探さなければならなかったのに、金さんの温情で事務所に使っていた十二帖の洋間を私たち一家に提供してくれた。本当に有難かった。二階にいた人たちは遊郭など大きな建物に移された。私たちは荷物は極力片づけて始末し、バラック建てのキッチンを庭に急造して、窓から出入り出来るようにした。この時竹田さんの友達の兵隊さんたちが何人か来て手伝ってくれたのでバラック建ての食堂兼炊事場が瞬く間に出来あがった。私たち家族八人はこの一部屋の洋間に引き揚げの時まで暮らすことが出来たのは、不幸中の幸いであり、おかげで、、猛威をふるった発疹チフスにも罹る事もなく、安全に生活することが出来た。

しかし、相次ぐ住居の接収で咸興在住者も避難者と同じく、窮状に転落して行くことになったのだ。売り食いも底をつくと、辞書で煙草の葉をまいて街頭で売ってみたり、余った古布で人形を作って売ったり、ヤンバンの家や、ソ連の将校の家に働きにいったりして、屈辱を凌いで、みな懸命に生きて行かねばならなかった。

当時の集団収容所名と人数

（日本人世話会による）

収容所名	人数	収容所名	人数
音羽	九一〇	由良の助	七三〇
鈴川	七一三	一心楼	四五〇
榮華楼	二九四	雀のお宿	二八〇
ほへと	二三〇	春日寮	二〇五
永楽	一九〇	倉庫	一八〇
高野山	一八〇	咸興神社	一六〇
相馬屋	一五六	自寮	一五〇
日妙寺	一四六	自動車学校	一二〇
東本願寺	一〇七	巡査教習所	八七
定宗倉庫	七三	藤井倉庫	六八
河合倉庫	六〇	松田倉庫	五〇
青山寮	五〇〇	交通局寮	二〇〇
青雲寮	二〇〇	萩の家	二〇〇
西本願寺	二七三	道庁官舎	三二〇

この他、一般の家庭にも相当数が受け入れられていた。

当時、咸興日本人既住者は、約一二、〇〇〇人であったが、北からの避難民が流入し、二七、四〇〇人となった。西本願寺は孤児収容所となり、三八七人のうち、六六人死亡。三一七人が保母と共引き揚げることができた。（咸興日本人委員会による）

第六章　日本人は日雇い労務者

かっての支配者であった日本人は皆職を失い、食べるものにも事欠いて、日雇い人夫となってその集合地は軍営通りから朝日町へと曲がる角で、私の家のすぐそば、朝早くから並んでまっているが、昼近くなっても仕事にありつけない時には、座り込んでシラミをとりながら、雇い主の現れるのを待っている情けない姿であった。

公会堂の掃除婦になる

終戦から一か月も過ぎると、治安もやや回復して、それまで一歩も外へ出られなかった私たちも、漸く昼間だけは歩けるようになった。

ある日咸興小学校で同僚だった丸田千恵子さんが訪ねてきた。それは、

「公会堂でロスケが掃除婦を募集しているから一緒に行かないか？」

という事だった。わざわざ山の手の彼女の家からここまで誘いに来たということは、他の友達は足踏みするところを私ならオーケーするとの考えか？　外に出たくてうずしていた私は早速二人で公会堂に面接に行った。

「花子　十五歳」で見事合格し、翌日からは午前九時から、昼過ぎまで、大会場の折りたたみ椅

公会堂

子を全部後ろに下げてステージ・フロアーと掃除してから椅子を元に戻していく。続く小部屋やトイレに玄関、二階の各部屋も掃除する。終わると監督のロシア兵が検査して、地下の食堂で朝鮮の経営者からロシアの黒パンをもらう。すでに居た先輩の掃除婦から、「決して一人にはならない事、どんな場合でも四～五人がいっしょにいる事、もし非常事態になったら、大きな声を張り上げて騒ぐ事」などとアドバイスを受けた。

監督は、みな大柄で屈託のない明るい若い兵士たちだった。だが油断はできない。時々とび掛かられて悲鳴をあげている場面もあったが、幸い大事にはいたらなかった。私は小柄であったので十五歳で通用し、監督のミーシャは私を肩車に乗せて遊んでくれた。

公会堂は、駅を背にして一直線に昭和町を上ると、軍営通りと交差する所に建つ白亜の建物で、正面の階段を上るとホールの事務所の扉が開き、その奥は千人は入れるだろうと思われる大会場になっており、ステージにはグランドピアノが置かれている。

二階は会議室のような小部屋に分かれており、三階正面にも部屋があった。そこでは町の至る所に掲げられているスターリンとレーニンの肖像画をエンピツ画で描いている一人の若いハンサムな兵隊がいた。肖像画はいくら製作しても需要が間に合わない状態であった

わが友千恵子さんは、どのようにしてそうなったのか詳細は解らないが、彼女は掃除婦から昇格して絵描きの助手になり、三階に籠ることになった。彼女は女子師範時代には図工を専攻していたので、スターリンの鉛筆画などは、彼よりも上手に描けたのではないかと思われる。しかし、起こるべき事は起こった。

「カピタンに言いつけるから」

と走って階下に降りてくる彼女を何回か見たが、その後どうなったのか・・・私は風邪で三日休んで出勤したら

「お前の代わりはもう雇ってある」

と言われ、あっさり首になってしまっていた。

彼女は引き揚げまでそこに居たようで、ある程度のロシア語が話せるようになってきて、東京に引き揚げてからも、一時期ロシア語で活躍している様子だった。

おかしな縁談

その頃私には、とんでもない縁談?が三つも舞い込んできていた。

一つめは家主の金さんの息子で、当時彼は中学校の二年生。十四歳ぐらいだったか?と思う。同じ屋根の下にいるので、たまにすれ違うこともあったが、お互いに無関心で顔もしっかり見ていなかった。

朝鮮の昔の風習では、「第一夫人は年上から貰う」という習慣があったらしい。この話は金さんのお母さんから私の母にお尋ねがあった。

二つめは父のお客さんで、顔も見たことがなかった人で、定平郡（ていへい）に栗山を持っている四十を超したアボジ（オジサン）、

「軍営通りに店を持たせてやるからどうか?」

と言ってきたそうである。心外な話ばかりである。

三つめは面白かった。

公会堂を首になった私は、同級生で軍営通りの沢井洋服店の数江さんと咸興神社の坂道を歩いていた。と、向かい側の大きい建物、旧日本軍の倉庫から一人の朝鮮のアボジ（おじさん）が出てきて手招きし、

「よい仕事があるからおいで」と言う。

二人は好奇心半分についていってみると、ロシア兵の被服管理所みたいな所で、仕事はロシア兵の軍服の洗濯だと言う。兵隊たちも少し上級になると、詰襟のきちんとしたのを着ていたが兵卒たちのは木綿の綿入れだった。

それはその当時中国も同じで、ロシアは灰色がかったブルーで、中国は濃い緑色だった。毛沢東の写真も昔はこれを着ている。洗濯のやり方はと言えば、日本の五右衛門風呂に軍服をいっぱい入れて沸騰させるのだが、とても重たくなるので、沸騰の後は下から水を抜いて、翌朝になってから

引き揚げて台の上に干すのだと言う。石鹸でゴシゴシするのではなく、要するに虱退治の消毒である。

私たちはこれをやる事にした。仕事は思ったほど大変ではなかった。時々見回りに来る監督はマーシャとワーシャで、私たちはオシャベリしながら、楽しく作業をこなしていた。

ある日の事、朝鮮のアボジから、

「明日は仕事ではないけれど、ちょっと来てほしい」と告げられた。私たちは「なんだろうか？」と訝りながら出勤すると、

「今日はワーシャの誕生日で、いっしょに会食して祝ってほしい」と言うのだった。

二人はネクタイをしめたりしてめかしていた。テーブルの上にはご馳走が並んでいた。このところおいしい食事に飢えていた私たちは、並んでいるハム・ソーセージ・卵・牛缶・キャビアなどに唾を飲んだ。ワインや日本酒も用意してあって、音楽も聞かせてくれた。

膝まである長靴を履いたマーシャが、リズムに合わせて床を蹴りながら、腰を落として片足ずつを交互に伸ばしたり引っ込めたりするダンスは、今まで見たこともないステキなもので、コーカサス地方のものか、タップ、タップタップと音がして私たちを感動させた。

ワーシャは、数江さんが気に入ったらしく、

「年齢はいくつ？　兄弟は？」

とかいろいろ尋ねてきて、彼らはいままでに接したどのロシア兵よりもインテリに見えた。ワーシャは背が高くてまだ若く、マーシャは二十代半ばか？　少し落ち着いて見えた。

音楽をかけて踊り始めた。踊ったこともない私たちも手を組んで社交ダンスみたいに調子を合わせていると、突然数江さんが、

「キャー」と叫んで部屋を飛び出した。

私も何事が起こったのかとついて出ると、彼女は
「ペエッ！　ペエッ！」と唾を吐きながら、

「汚い！　ワーシャがキスしようとした。」と言う。これは大変。すっかり良い気持ちになっていた私たち。敵はインテリに見えたんだけど・・・やはり同じだったのか・・・。

「逃げましょう！」と、
　私たちは走った。走った。彼女はリレーの選手であったから、その速いこと・速いこと。ハアハア息を切らせながら家の近くまで走って来て、私たちは初めての体験に興奮していた。

　翌日、恐る恐る持ち物を取りにいくと、朝鮮のおじさんから、

「二人と二人で丁度よいから、オンリーになってくれないか？」

　との話があって、残念ながら私たちはまた一つ職場を失った。

　若い世間知らずの私たちは、敗戦の厳しさをも、まだまともに受け止めきれずに、青春の名残りを楽しんでいたのだが、知らない所では大変な出来事が次々に起こっていたのだった。

　ロシア兵の名前はもっと正しい名前が、例えばミファロビッチとかワーシリカとかあったのだろうが、みなワーシャ・ミーシャ・マーシャなどで通っていて、簡単であった。

「ロスケ」と言うのも、彼らは「ロスキー」と受け取って腹を立てなかった。

　因みに「ヤポンスキー」が日本人で、

　「カレスキー」が朝鮮人
「ロスキー」はロシア人である。

「ダワイ！」は「よこせ」という事。

「ダスイダーニヤ」が　こんにちは
　「スパシーバ」は　ありがとう
「ヤポンスキーマダム・ダワイ」には日本人は皆、ほとほと悩まされる事となった。

第七章　ヤポンスキーマダム・ダワイ！

北あや子さんの場合

十七回生　北　あや子

あや子さんは私たち同期生のなかではピカいちの存在で、勉強は勿論、運動もテニスも上手。卒業式の時には答辞をのべた存在であった。卒業して一年間は京城の清和塾に行き、翌年には、咸興

で、咸興師範学校の先生と結婚していた。その頃は十八・十九が適齢期で、二十四にもなるともうオールドミスと言われ、結婚話は遠ざかっていく時代だった。また男たちが戦場に行ってしまうので、

「男性一人に対して女性はトラック一杯」などと言われた時代、親たちも娘の結婚を急ぎ、同期の友達はすでに五人も花嫁になっていた。あやちゃん達は黄金町の郵便局の二階に新居を構えていた。とそこへロスケが朝鮮人の案内で、

「ヤポンスキーマダム・ダワイ」

と土足で侵入して来たのである。

新婚の新妻が犯される。しかも夫の目の前で……若い夫は必死になって抗議した。しかし欲望を顕わにした下劣なロシア兵はひるまない。「邪魔するな！」とばかり、夫を殴りつけてあやちゃんの方に進んでくる。銃剣を畳にグサリとさして、あわやという時、再び止めに入った夫に向かってロスケが殴りかかってきた。この時、あやちゃんは何をしたか？

彼女は二階の窓から道路に向かって飛び降りたのである。ところが飛び降りた所が、運よく郵便局の小さな掲示板の屋根だったので、そこにひっかかって、あやちゃんは大した怪我もせずに無事で、近所の家に助けて貰うことが出来たのだった。後で旦那の方はロシア兵になぐられて、相当ひどくやられたらしい。彼女の太ももには、その時の傷跡がまだ残っている。

東京に引き揚げてから、彼女はその時の手記を書いた。読ませて頂いたが、今では本の行方が解らず、記憶を記すことでお許し願いたい。

島田鈴子さんの場合

「ロスケ（ソ連兵）に襲われる！」

十七回　島田　鈴子

終戦になってすぐに、咸興山手町の配水池近くに駐留したソ連兵は、乱暴な恐ろしい存在だった。近くに住んでいた私の家にも、何回かガラスを破って侵入し、目ぼしい物を強奪していった。

ある日の夕方、「ヤポンスキーマダム・ダワイ」と叫びながら玄関から入り込んで来た二人の兵隊に、驚いた私は、はだしで縁側から隣家のトイレに飛び込んだ。

すぐに追い着いてきた兵隊は、銃を突き付けて

「出てこい」

と言っている。私は声も出ないで震えていた。恐ろしさのあまりとは言え、大体他所の家に飛びこんで、直ぐ解るのに寄りにも寄って、便所に隠れるなんて、自分でも利口ではなかったと思ったが、あとの祭り、必死でドアの取っ手をつかんで隠れている私の耳に、こちらに近付いてくる靴音が聞こえる。

昔の日本家屋には、トイレが二か所ついていて、男子用の小便器と、女子用の大便器と二部屋に分かれている。相手は最初小便器の方のドアを開けたが、いないので、今度は私の隠れていた大便器の方のドアをあけた。私は引っ張り出されると思い、硬直した姿勢でいたら、最初のヤツは、一人で入ってきてドアを閉めた。そして私のモンペの紐に手をかけた。しかしその紐は幾重にも締めてあり、彼はなかなか解くことが出来ない。ここで日文化の「結び紐のわざ」が役にたったのだった。

時間がかかっていたら、もう一人の兵隊が戸を叩き開けて入ってきた。そして二人を引っ張り出して、六畳のオンドルに座らせた。

「ああ、私はここで殺される。誰も見ていない他所の家で殺されて、私の一生は終わるのか・・」

と思うと、涙が出て、へなへなとそこへ座り込んでしまった。

と、その時突然、後ろの押入れの襖が開いて、この家の小母さんが飛び出してきた。

「鈴ちゃん。何してんの。速く逃げるのよ！」

と言う声を聞いてはっと我に返った私は、全速力で勝手口から逃げ出し、山の方へと向かった。どこかに隠れていたらしいこの家の三人の娘も一緒に私の後を追った。

それまで「どうなる事か」と、押入れに隠れていたこの家の小母さんの義侠心で、私は救われたのだった。その後小母さんは二人の兵から

「代わりの女を出せ」

と言われて、殴られたり、小突き回されたりしているうちに、巡回中の上級兵士に見つかり、小母さんは救われて、二人の兵は引き立てられていったという。

時間がたって、暗くなってから、手足はかすり傷だらけになって家に帰ると、心配して待っていた父母は生き帰った私を見て、夢かとばかり喜んでくれた。

私は終生の恩人である小母さんに改めて感謝した。

中井倫子さんの場合

十七回生　中井　倫子

彼女の家は盤竜台(ばんりゅうだい)町で、笹沼写真館の右手から、入って暫く行くと金蘭寮があり、向かい側の角が中山組で、その隣になる。ご多分に漏れず家は接収されて向かいの平屋の一部屋に移された。ロスケの襲来は二度あった。最初の時は、突然土足でやってきたが、姉と妹の三人姉妹はトイレに隠れて無事だった。二度目の時、私は部屋の中にいて、気がつかなかったら、庭で洗濯物を干していた姉が先に気が付いて、

「倫子ちゃん。逃げなさい！」と叫んでくれたので、ビックリして、咄嗟に出窓の桟に足をかけて、必死の思いで隣のベランダに飛び移った。その時の恐ろしい思い出は今も忘れられない。

逃げられた人はまだ良かった

犠牲になった人も何人もいる。決して人には語りたくない事実をひとり胸に秘めて・・・。

その頃の私たちの年代は、今考えると可笑しいほど、貞操観念と言うものにこだわっていた。結婚するまでは絶対に処女でなくてはならなかった。「凌辱されるくらいなら、舌を噛んで死を選ぶ」と教えられた大和撫子たちだった。何人の若い娘たちが、北鮮の野山に哀しく散っていった事だろう。哀しくも腹ただしい敗戦の哀話は、満州に北朝鮮に、幾つも幾つも残っているのだ。

九月十九日　駅前広場

咸興（かんこう）駅前広場には、咸鏡北道から命からがら避難して来た人々と、元山（げんざん）方面から送り返されて来た人々とが、四千人も野宿していた。そこへ日本刀を振りかざした保安隊が突入して来たり、ロシア兵が女を攫いにやってきたりした。

大勢の人が見ている中でロシア兵は一人の女性に手をかけ、すがりつく父親を射殺して、ジープに乗せて連れて行った。一瞬の出来事であった。

ロシア兵は、弾丸だけは多量に持っていて、空に向けて、パンパンとぶっ放しては私たちを威嚇した。

咸興中学の先生殺される

同じころ、弟たちを教えていた咸興中学の松浦先生の本宮（ほんぐう）の自宅にも、突然土足でロシア兵が侵入してきた。いっしょに暮らしていた姉さんをロシア兵から守ろうとして抵抗し、松浦先生は銃殺されてしまった。

弟さんの死体にすがって号泣する姉さんをロシア兵は連れ去った。残された妹さんも、なすすべがなかったと、悲嘆にくれるばかりだった。わが弟、松本厚たち咸中の生徒は、心底から憤りを覚えたが、どうしようもなかったのであった。

城津（じょうしん）では

田村　芳男

女性たちはソ連兵の襲撃に備えて、髪の毛を根元から断ち切り、顔には鍋釜の煤を塗り付けて衣服も目立たぬようにみすぼらしく男装していた。にも関わらず、日本高周波工場中山部長が、娘さんを庇ってソ連兵から射殺された。

城津の避難所で、私の傍に清津からの避難民夫婦で男の子一人を連れていた家族の所へ、ソ連兵がやってきて銃を突き付けて夫を威嚇しているうちに、もう一人の兵隊がその妻を拉致して闇の中へ消えた。どこで凌辱されたのか、その妻は翌朝青ざめた顔をして戻ってきた。しかし、哀しいことに彼女はその夜自殺してしまった。夫は男の子を抱きしめて半狂乱の有様であった。

皆もショックで、慰める言葉が出なかった。

咸興神社で、十月十二日

咸興神社は、ご神体も何もめちゃくちゃに壊されて、北からの人たちの避難所になっていた。その階段の所で、哀れにも上野昌子十八歳と、同孝子十七歳の若い二人の姉妹が銃殺されてしまった。泥酔して襲ったソ連兵を拒み、思いを遂げられなかったロスケの腹いせだったのではないか？と言われている。二人は

咸興神社

福井県の方だったとか、日本人世話会の人が話していた。

　誠に痛ましい限りであった。

ソ連兵の夜襲

上原　市作

　馳馬台（ちばだい）小学校の第五教室に避難するようになって二、三日後のことである。夜皆が寝静まったころ、傍に寝ていた娘が突然、

「父ちゃん、父ちゃん、誰か私のモンペをごそごそしているの」

　と私の耳元で囁いた。私が目をさますと、電燈が消えていて暗闇の中にうずくまっている人影を発見した。

「あっ。ソ連兵だ」

　と気づいた私は、人影を突き飛ばして、娘の手を引っ張って、部屋の隅に積み重ねてあった机椅子の下へ伏せさせた。

　やがて「キャー」という悲鳴、逃げ回る婦人たち、追いかけるソ連兵、踏みつけられて「痛い！」と叫ぶ人。子供は泣き叫び、教室内は騒然となった。

　寝ていた人たちの上に積み重ねていた机や椅子が崩れ落ちてきて、悲鳴と怒号で騒ぎは更に大きくなった。電気をつけてみると、この大騒動に驚いたのか、ソ連兵はいつの間にか逃げ去っていた。

　次の日、何らかの防御方法はないかと、各室の班長が集まって相談した。バケツに水を用意してぶっかけようか？などいろいろ案も出たが、何しろ相手は武器を持っているので危険である。結局、各班から一人ずつ交代で夜警を立てることになった。ソ連兵が来襲したら、、まず危険の少ない隣室の人たちが大声で叫びながら、空き缶、洗面器、鍋釜、板壁などを一斉に叩く」これに各室が次々に応じるというものだった。

　この方法は効果的だった。数日後にソ連兵がまた来襲したが、突然の大騒動に驚いて走り去った。その後に巡回して来たソ連憲兵にこのことを話すと、

「それは良い方法だ。隊の方でも注意する」と言っ

ていた。

が間もなく、ソ連軍が続々と進駐してきたため、馳馬台小学校は接収されて、明け渡さなくてはならなくなった。（望郷六号より）

死滅の淵からの生還のなかより

道場　等

九月二十八日。咸興の元日本人遊郭の「由良の助」に収容されました。今までのように雨にぬれる心配はなくなりましたが、何分にも一軒の家に七百人以上が詰め込まれ、私たちは六畳一間に三十人の割り当てで、ほとほと閉口しました。
ここでもまたソ連兵に女を狙われたため、昼は警備員を置き、夜は不寝番を設け、ソ連兵の庭内侵入をもって警戒警報、屋内侵入をもって空襲警報を発令し、警戒につとめました。
一時は威嚇戦術を考え、婦女子は室内にあって固く戸を閉ざし、男子は廊下に出て、鳴り物入りで大声をあげました。
気の弱いソ連兵は驚いて逃げ帰りましたが、悪い奴はむやみと実弾を発砲して危険千万なので次は沈黙戦術に変えたところ、みすみす目前で被害を生じました。一千名近くの日本人の中へ僅か二、三名で侵入する大胆さ、野獣そのものの厚顔のソ連兵にあきれると共に、敗戦国民の悲哀をつくづくと感じました。（望郷六号より）

北朝鮮脱出記より

内藤　毅

咸興地区における日本人居留民の当時の実情は、一戸あたり五・二七人から、なんと二十四・二人に膨れ上がった。広い家や間数のある家を追い出されて、倉庫や、知人の家に入れて貰ったり、ドアもないかっての陸軍官舎に押し込まれた人々の実態である。

　盤竜台町の我が家は、四間に家族六人が暮らしていたが、他に三家族を受け入れる事になった。しかしソ連兵の蛮行はとどまる所がなく、我が家にも何度も闖入してきたが、その都度、同居四家族の全女性を裏口から逃がしたり、床下に押し込めたりしてかくまって、深夜といえども安眠を許される状況にはなかった。我が家だけでなく、近所のアパートに住む四人の若い女性も、我が家を頼って毎晩のように庭の草むらに身を隠しにやってきていた。ところが、ある日を境にして四人の姿は見えなくなった。

「どうしたのかなあ!」

　と案じていると、四人グループの一人が突然訪ねてきた。その人の顔色はまさに土色で、半ば放心状態。かっての若々しい女性とはとても思えなかった。その人の語る言葉によれば、

「四日前の夜の事。玄関の所でソ連兵の声をきいたので、何時もの手順通り我が家に走り込むべく裏口に向かった。

　そこには「朝鮮人の姿があり、四人とも簡単に捕えられて、四時間にも及んでソ連兵に暴行された」と言う。

　両親は聞いていた。

「何かその兵隊たちの事をおぼえていないの? 髪の色とか、背の高さとか・・今はソ連軍も軍規を厳しくしようとしていて、暴行などの被害にあったら届けてほしいと言っているのよ」

「とても無理です。私たちは地面に伏せさせられた後、四つん這いにさせられ、モンペをはぎ取られたの。相手の顔は見えなかった。もし見えたとしても、恥ずかしさと悔しさで涙があふれて人を見る事なんてできません!」

　母は「ごめんなさい! 無理なことを聞いて」と嘆き、男たちは、半狂乱のこの若い女性に対して、どうしてあげる事も出来ない無力さ・不甲斐なさを恥じたのであった。(平和の礎一八号より)

トイレに行けない避難所の校舎

咸興での避難所は、二階建ての寮が三棟並んでいる収容所と呼ばれている校舎の二階だった。

この頃になると、軍規も少し厳しくなったのか、ソ連兵の略奪や、朝鮮人の暴力はほとんどみられなくなって、治安は少しずつ良くなってきたように思われた。

しかし、夜になると、あい変わらず、ソ連兵の女探しだけは止まなかった。

収容所の大便所の扉はどれも大きな穴が開けられていた。それはソ連兵が夜になるとやってきて、用便に起きる女の人を待ち受けて、扉の穴から覗いていて、用がすんだところを見計らっては、近くの畑に連れ込んだり、遠くに連れ去ったりするのだった。

「たすけてー」と言う悲痛な叫び声が何度か聞こえてきたそうだ。しかし、相手は武器を持っている恐ろしい存在だ。聞こえないふりをして、布団をかぶって誰も助けに行く者はいなかった。

連れ去られた人のなかには、何日もたってから帰って来た人もいたが、病人のようになってしまっていて、気の毒な限りであったと言う。そこで女の用足しはトイレでなく、畑の中まで出かけるようになり、百姓さんからは苦情が出た。

病人でも、老人でも、昼も夜も女性は狙われた

明かりを消した真っ暗な避難所へ、一人のソ連兵が侵入して来た。六十歳を過ぎた祖母が孫の女の子と一緒に寝ていたところを見つけたソ連兵は、真っ直ぐにその女性を目がけて進んで行きかたはらにいた孫の女の子などにはお構いなしに、女性の上に馬乗りになった。女性は何か叫んだが、もうどうしようもない。同室の人たちも、皆耳を塞いでどうしようもなかった。祖母の傍では訳も分からず孫の女の子が泣いていた。暫くして事を済ませたソ連兵は、ズボンを引き揚げ、悠然として部屋を出て行った。誰も何とも言えない痛ましい時間であった。人々は敗戦国の悲哀をしっかりと味あわされたという。

興南（こうなん）

興南では日本人の死体は三角山に運ばれ、まるでたくあんのように積み重ねられた。

日本人が押しこめられた寮では、見張り番が石油缶を叩いてソ連兵の襲撃を知らせると、直ぐに内側から入り口の扉を釘で打ち付けて、明かりを消して真っ暗にしたが、彼らは銃でこじ開けて侵入して来た。懐中電灯で室内を物色し始めたが、目ぼしい物が見つからなかったので、今度は女を探し出し手をかける。昼間には数人でやってきて、一人の婦人を輪姦するという事件もあったが、敗戦国の国民はどこにも苦情をうったえる事が出来なかった。

富坪（ふうひょう）

避難民の半数以上が亡くなったとされる悪名高き富坪では、栄養失調で寝込んでいる人でも、女であれば見境なく連れて行くソ連兵が、ウロウロするので、女性も男性も安眠できなかった。

「あそこより酷い生活はなかった。とにかく地獄だった」と誰もが口をそろえて言う。

興福寺十一月のある日

咸興府軍営通り二丁目の興福寺は終戦後、貧しい人たちの病院になっていて、死者も多かったのだそうで、日本人の避難民の死体が積み重ねられていた。ある日、若い女の人の死体ばかりが二十体も投げ込まれた事があったそうだ。凌辱したのか、されなかったのか？　どちらにせよ、ロシア兵の仕業だったと言われている。

冬にもなると、死体でもコチコチに凍ってしまい、悪臭は漂ってこないのだった。

翌年五月、山積みされた死体も氷が解けて腐り始めたので、日本人世話会は何十人かの使役をだして死体を荷車に積み、聯隊横の共同墓地に埋めに行く作業が始まった。五月十六日、待ちに待った引き揚げの日を明日に控えて、興福寺の空気も異常に活気づいていた夜の事。表の方で「パーン・パーン」と銃声が響いた。一人の婦人が銃殺された。

夜の外出の門限は十一時であった。それ以降の外出は禁じられていたのだ。この女性は興福寺のなかでもとりわけ貧しく、二人の男の子を連れていた。苦労してやっと帰れる日が来たのに、何という事だろう。二人の子は孤児となり、何とも遣り切れない切ない物語であった。

興福寺は私の家からも近く、沢井数江さんの家の真ん前である。迂闊にも私たちはそんな大それた事が行われていたなんて、何も知らなかったのだ。

「ヤポンスキー・マダム・ダワイ」考察

最初に進駐してきた兵隊は、見るからに粗野で、荒々しく、いがくり頭に入れ墨の囚人兵だったから、「さもありなん」と苦々しく思っていたら、正規軍が来ても、「ヤポンスキー・マダム・ダワイ」は止まらなかった。

なんで彼らの性欲はとどまる所を知らず、収まらないのだろう？　ロシアンは民族的に精力絶倫なのだろうか？

それに比べると朝鮮人は物取りの方が激しくて、レイプしたという話はあまり伝わって来ない。私たちも朝鮮に長く住んでいたが、朝鮮の男性から誘われた事は一度もない。日本人の男の子も、内地にいた人たちより、ずっとお利口さんで、男女のマナーは守っていた。男の生徒が女学校の運動会を見に来ることなど厳禁で、唯一の話題はラブレターだけだったのに。

それは、花も恥じらう思春期の私たちにとって、理解できない野獣の行動だった。

異国の人は肉感的

しかし、西洋人は東洋人と比べて、異性に対する接し方が開放的だ。たとえば我々は相手に対しておじぎをする。その際、会釈とか、深々と頭を下げるとか、または最敬礼とかの違いはあっても、相手の身体に直接触れるような事はまず無かった。しかし彼らの場合は、握手で始まり、抱擁があり、むやみにキスをする。親愛の情を現すにはは後者の方がはるかに勝っているではないか。日本の男性も昔の殻に閉じこもる事なく、家庭内でも決して手をぬくべきではないと思うのだが・・・。

一九六二年。アメリカ留学から帰国した長男を、長女である姉が成田まで出迎えに行った時の事だ。アメリカナイズされた長男は、いきなり姉をハッグした。彼女は結婚していたに拘らず、初めてであったのか、「相当ショックだった」と後で私に言いきかせた。今ではこれらの習慣は世界中に浸透していて珍しくもなくなったのだが。

我が家にホームステイした仏教国スリランカのおじさんも、駅の改札の所で、最後のお別れのハグをしてくれた。

私が時計を指して「もうすぐ発車よ」と言うと、慌てて切符を改札機に差し込んだまま、取り出さずにホームをかけ降りて行ってしまった。私も一応駅員さんにその旨告げたが、後はどうなったのやら・・。

日本では、私たちが女学校に入った年、上級生の心中事件というのがあった。歯科医院のお嬢様が恋愛した相手は技工士でまじめな半島の青年であった。二人は到底許されない結婚と悲観して、西湖津の灯台の崖から海に向かって飛び降りた。勿論二人とも亡くなったが、二人の体はしっかりと、帯で結ばれていた。という事だった。このような前近代的な出来事が、つい先ごろまで行われていた私たちの時代だった。

赤線

戦後日本では、いち早く赤線なるものは無くなって、吉原などは昔の物語となってしまったが、昭和五十四年、研修旅行でドイツのフランクフルトに降り立った時、駅を背にして広い通りを歩いて行くと、道の両側にはイギリス・フランス・ドイツ・スペインなどと各国のフラッグをたなびかせている店があった。それはその国の女性がいるということを知らせているもので、中にはインターナショナルというのもあった。七色の虹はゲイのお店。

オランダでは、有名な「飾り窓」に女性が座っていた。狭いエレベーターの中でも、お互いにハッグしあっているカップルや、人前もはばからず、ながーいキスをしている人たちに、文化の違いをまざまざと見せつけられたものだった。

終戦の頃はまだ赤線は存在していた。その頃、咸興府には十指に余る遊郭が営業していたらしいが、勿論私たちはその存在さえしらず、そこで働いているという人たちを見た事もなかった。しかし、この人たちは敗戦によってある意味で救われたのではなかったろうか？　家の経済的事情から苦界で働くことを余儀なくされた人たちは、莫大な前借金の取り立てから逃れられて、自由の身になれたのではないかと想像することが出来る。なかには引き揚げてからも阿漕な楼主に付きまとわれて、再び苦界に身を沈める結果になった人もいただろうとは思うが・・・。

この人たちはある意味で当時私たちの恩人となった。それは、危機に際して進んで身を呈してロシア兵に奉仕してくれたり、ある時は団体の長から頼まれて、その仕事に付いてくれたりして、日本女性の引き揚げの安全に貢献してくれたと、あちこちで感謝された。これも私たちが忘れてはならない事柄であった

時は流れる。時間は文明を変えていく。

戦争は人と人との殺戮だ。普通の精神状態ではやれるものではない事は解っている。ISでは少年兵を戦場へ送りだす時に、何か薬物を飲ませると聞いた。おそらくある種の興奮剤だろう。戦い済んで普通の状態に戻るには何がしかの「癒し」が必要だという。女性はここで利用される。日本兵は「慰安所」なるものを利用していた。日本軍の慰安所は広範囲に亘ってあちらこちらに設置されていたらしい。中国の慰安所で、順番を待つ兵士の姿が写っているのもショックだった。

ドイツもまた然り。イギリス・イタリア・オーストリア・フランスなど、規模はさまざまなれどそれなりの施設があったようだ。しかし、ロシアは違った。

【注1】ソ連軍にはそのような施設はなく、対処法としては、最前線の兵士たちによるレイプを「黙

認するかまたは、奨励」していたのではないか？

と言われている。対ドイツ戦では

「ゲルマン女性は諸君の戦利品だ」

とうたったビラが配られたり、一九四五年、ベルリンに突入したソ連兵がくりひろげたレイプの惨状は、ひどいもので、ベルリンの女性の五十パーセント（約十万人）が強姦され、そのうち、一〇パーセントが性病にかかった。との報告書がある。

【注1】（慰安婦と戦場の性）秦　郁彦著より

とにかく、満州・北朝鮮におけるロシア兵の暴虐ぶりは「すざましい」の一語に尽きるものだった。

私は言いたい。

「命に係わる時は命の方が大事です」

当時の性病は、エイズと違って、梅毒と淋病であった。淋病は治療さえすれば、比較的はやく治癒するが、梅毒は何年もサルバルサンなどの薬を使っての治療が必要らしかったが、完治する病気で、私の知人夫婦も夫の浮気で、梅毒に感染したが、治療の結果完全に治癒して、三人の子供を育て上げ、九十五歳までも生きながらえる事ができた。（公務員の夫は六十歳で亡くなったが）

「死んではなりません。いざという時にはさせなさい」

「命に係わる時は命の方が大事です」。

年をとった今だからこそ言えるようになった言葉です。

若い乙女にはどんなに過酷な言葉だったでしょう。

かつて沖縄などに駐留したアメリカ兵と、いっしょになった「戦争花嫁」と呼ばれる人たちが大勢いた。その時のいきさつはともあれ、私はペンシルバニアのネスコピークと言う小さな田舎町に住んでいるスーザンこと玉本和子さんと知り合いになった。彼女はアメリカ兵と結婚し、娘をもうけたが、夫の酒癖が悪くて離婚し、その後年の離れた白人との生活では、白い肌の息子も設けて、息子の近くで悠々と暮らしている。

娘の父親はインデアン系であったので、娘の顔かたちは東洋系であったが、白人の夫と共に、軍に勤務し、大人しい彼を何時もリードしているしっかり者だった。スーザンは彼女の故郷の日本の姿を見せようと、娘夫婦と高校生になった孫娘を連れて、成田に降り立った。

「羽田で一泊してふるさとの和歌山に行く」と言う彼ら四人を家へ泊めて翌朝新幹線に乗せた。

確か飛行機の中で知り合った人たちだったと思う。翌年彼女たちに招待されて、ワシントンの娘の家と、ペンシルバニアのスーザンの家にも泊まったが、その町には、同じような境遇の人がもう一人いた。彼女もまた、日本を懐かしがりながら元気に暮らしていた。

「君死に給うことなかれ」

世界は広く、色々な人たちが住んでいて、面白い所なのよ。

「元気を出して挑戦してごらん」と私は言いたい。

第八章　引き揚げ・逃避行

引き揚げは何故遅れたか？

さて、翌年の春、漸く待ちに待った引き揚げが始まった。ソ連兵の襲撃をかわしながら、朝鮮人の物品の強奪・いやがらせ・猛威を振るった発疹チフス・再起熱などの病にも耐えて、三十八度線を越える物語は、人ひとりひとり皆同じではなかった。

日本政府は昭和二十年八月三十一日の終戦処理会議で次のように決定した。

「在外邦人は・・出来る限り現地に於いて共存親和の実を揚げるべく、忍苦努力するを第一義たらしむ」

要するに「焼け野原になった本土は食料も不足しているから、まだ帰ってくるな」ということで見通しが甘過ぎた冷たい仕打ちであった。

米軍はすべての日本人を早期送還する方針を決め、十月三日、日本人の送還を開始すると発表。

三十八度線以南の四十数万人は、翌年春までにほとんど引き揚げた。

一方、北朝鮮に進駐したソ連軍は、八月二十五日、三十八度線を封鎖、日本軍人を捕虜としてシベリアに送った。

それだけでなく、物資を根こそぎ略奪して、本国に運んだ。資材や機械類も取り外しては貨車に乗せた。東洋一と言われた水力発電所では、約三千人のソ連兵が、二か月間作業して、七基あった発電機のうち五基を解体して持ち去った。

四十六年一月、米ソ両軍の司令官は京城で会議を持ち、北朝鮮の日本人送還も議題になった。しかし引き揚げる日本人の食料の負担問題で、話し合いがつかず、紛糾のまま終わった。

六月二十六日、会談再開。米側がソ連に抑留されている捕虜の送還を要求したため、ソ連は反発。会談は再び決裂した。米ソが歩み寄るのは四十六年九月下旬。ソ連は、連合国側からの強まる圧力と、国際的な批判から、捕虜を段階的に送還する方針へと変換する。

両国は十一月下旬、暫定的な計画を策定し、ソ連が引き揚げ事業に着手したのは十二月であった。
ソ連の送還決定で引き揚げた人はわずか八千人。それまでに日本人はほとんどが自力で脱出し、二万六千人を超える人たちが、無念の死を遂げた。(東京新聞より)
苛酷な冬を生き延びた日本人たちは、春がくるともう待てなかった。雪が解け、凍土にも野宿できるようになった三月、まず第一陣が出発した。四月に入ると、百人・千人と言う単位で脱出が決行された。
それには日本人世話会の大きな力があった。咸興の場合、「朝鮮共産党咸興日本人支部」の看板を掲げ、朝鮮側の機関と粘り強く交渉し、引き揚げの神様とまで言われた。

松村義士男・磯谷季次両氏の活躍

両氏の献身的な努力があったればこそであった。また朝鮮側も、日本人避難民の間に流行した発疹チフスなどの感染が懸念されたりして、日本人の残留をお荷物と考えるようになっていた。北朝鮮当局は日本人の輸送に手を貸してきた。日本人の居住地以外への移動を禁じている筈のソ連軍もまた、正式な協定を待たず、日本人の集団脱走を黙認しはじめたとみられている。

しかし、この命令系統は徹底せず、場所によってはまだあちこちで拘束される日本人がいたのだった。

我が家の引き揚げ（松本家）

我が家では、海と陸の二手に分かれて三十八度線を越える事になった。海側からヤミ船に乗るのには、一人千円の大金が必要であったので、七人の家族のうち、父と上の弟たちは陸路をとり、母と私と小さい弟たちは、ヤミ船に乗せてもらい、海路をとることになった。

前夜は西湖津（せいこしん）の小屋に隠れており、翌朝暗いうちに出港する漁業に使われるメンタイ船で、船頭が二人、手漕ぎの小さな帆船だった。船底に四十人くらいが押し込まれていた。二日目くらいからは、全員船酔いで、誰も何も食べられなくなった。三日・四日となると、胃の中の物は全部吐いてしまい、黄色い胃液まで吐き出した。やたらと喉が渇いても水はなく、水筒で海の水をすくっては飲んでいた。そうすると、喉はヒリヒリとよけいに渇いてくる。

船頭は時々船を止めて動かさないでいる。

「陸の方からロスケが監視している」

と言って、船頭から賃上げの交渉があり、家族で五百円ずつを出すとやっと動いてくれた。

途中船中で二人も人が亡くなり、水中に葬られていった。足かけ七日間もかかって南朝鮮の「注文津（ちゅうもんしん）」と言う港に着いた。フラフラで、半死反生だった私は、母が反物三反を毛布のようにカムフラージして作ってくれた大切な品物をみすみす盗られてしまったが、取り返す元気はもう残っていなかった。桟橋でもない遠浅の海の中に船が着けられると、現地の人が負ぶって砂浜まで、連れて行ってくれ、水筒に一杯の水を二円で買って飲んだ時、「これで、やっと生き返る事ができた」と思った。

注文津には米軍の船が迎えに来てくれ、釜山についてからは一日待っただけで、連絡船に乗せてもらい、船内では「リンゴの唄」をうれしく聞くことができた。同時に、

「身体に異常のある女性の方、ご相談に応じます」

と、何度も放送があった。それは、京城大学と九州大学の医学部で結成された先生方のボランティア組織で、心ならずも妊娠させられた女性の処置を実行してくれるものであった。

博多に着いて、よれよれの姿で長い桟橋を渡っていると、

「オッ！　松本！」

と声をかけて下さる方があり、見上げると、女子師範の時の田中正先生だった。京城大学医学部からの派遣講師で、私たちは、衛生学を学び、城大病院で、看護実習を受けた時の先生である。その組織はこの先生たちがやってらっしゃるものだった。

引き揚げを目の前にして、凌辱された体を恥じ、海に身を投げた人もあると聞いたのに、このような施設がある事を知っていたならば「生きながらえる事も出来たのに」と残念に思った。

父と弟の陸路は、鉄道で鉄源の近くまで行き、そこからは歩いて歩いて、途中ソ連兵や、保安隊の誰何を避けながら野宿をする苦難の逃避行だったそうで、途中、歩けなくなった老人は置いてけぼりにされ、赤子は死んでいったという事だった。

父は餅の中へ金貨を隠して持っていたが、見つかって取り上げられてしまった。それでも家族が全員無事に岡山の本籍地にたどり着くことができたのは不幸中の幸いであった。

三十八度線突破・死の行進

十七回生　西田　初恵

私は、早くに結婚して、当時十か月の女の子がおりました。夫は憲兵隊員で、シベリアに連れていかれたらしく消息不明。間もなく官舎を追われて避難先の家で発疹チフスにかかりました。

自分は熱にうかされながらも赤ん坊から目を離すわけにはいかず、ゴソゴソと部屋から這い出そうとするのを、やっと捕まえており、屋内には水道がないため、外で氷を割っておしめを洗っていました。

私は赤ん坊と共に病院へ収容されました。私は真っ先に

「早くこの子に予防注射をうって下さい」と頼んだら、「赤ん坊は母乳を飲んでいるから、免疫は出来ているからその必要はない」と言われ少し安心しました。

一月十日。衰えきった体でよろよろしながら帰ってくると、皆は幽霊が出たかと思ったそうです。入院している間に、僅かばかりの私の所帯道具はなくなっていました。たった一人で赤ん坊を抱えての苦しい生活に力尽きかけた時、平壌の両親からの使いの人に見つけ出されて、その人の案内で咸興から脱出しました。

闇に紛れて貨車に乗り込もうとした時、ソ連兵がマンドリン銃を乱射しました。赤ん坊を背中に括り付けた私は、貨車の下をくぐって逃げまわりました。生きた心地がしませんでした。やっと貨車に乗り込む事ができ、機関士さんのそばの小さな箱の藁の中で、一週間を過ごし、親切な機関士さんが停車ごとに、水を汲んできて差し入れてくれたのでおしめを洗う事が出来ました。

平壌に着くと、両親と頭を丸坊主にして、顔に鍋ずみをすりこんだ妹たちが待っていてくれまし

た。

一家が三十八度線突破に出発したのは、終戦から一年目の八月十五日でした。

炎天下五十里の道を、家族が交代で赤ん坊を背負いました。あの山の高かったこと。小さな赤ん坊がとても重くて、豆だらけの足が前へ進みません。道端には一人のお婆さんが座り込んで「もう歩けないよ。置いて行ってくれ」

と言っていたけれど、それからどうなったのかは誰も知りません。誰かが子供を井戸に捨てるのを見ました。またある人は足に巻いていたゲートルを木にかけて自分の子供をあやめていたのも見ました。皆はすでに正気の沙汰ではありませんでした。

「列を離れてはいけない。はぐれたら危険だ。殺されるかもしれない」と、みんな必死でついて歩いていったのです。

私たちが乗った引き揚げ船では、赤ん坊の姿はうちの子一人でした。

咸興から歩いて歩いて三百五十キロ

十七回生　古嶋　淳子

その頃私は、三月に京城女子師範を卒業して、居住地の咸興府錦町普通学校（小学校）の先生になったばかりで、先輩の朝鮮人の先生からは習うことが多かった。

八月十五日。玉音放送があった後、若い朝鮮人の金子先生が、跳び上がって言葉を発し、部屋の中で踊り始めた。朝鮮の先生たちは、何かヒソヒソと朝鮮語で言葉を交わしながら、職員室から姿を消した。そして盤竜山には、白い布に何か書かれた幟が翻った。

校長先生をはじめ日本人の教員は、書類焼却などの残務整理を終えて自宅に籠った。

収入のない苦しい生活が始まった。

ソ連兵の進駐と、朝鮮の人たちの「マンセー。マンセー」を謳歌する声が木魂して、日本人は外に出られなかった。「保安隊」と称する朝鮮の警察が出来たが、初期の彼らは「不安隊」とも言われて、暴虐であった。保安隊の命令で、山手町にあった私たちの家は接収され、近くの日本人の家の一部屋に入れてもらって、窮屈な生活を強いられる事になった。私たちの家はソ連兵の上級将校の家となった。

その頃父は、咸鏡南道の道庁土木課に勤務していたが、二度目の招集で、咸鏡北道の「会寧（かいねい）」で、国境警備の任に着いていた。それで母は幼い弟と妹を連れて、父と共に会寧で暮らしていた。しかし、咸興の家が本拠なので私は中学生の弟と二人で、ロスケの来襲に怯えながら毎日を過ごさなければならない状態であった。

私たちの住んでいる家にも、夜になると「ドン。ドン。ドン。」と激しく戸を叩く音と共に、ロスケが「女！　女！　女」「ヤポンスキーマダム・ダワイ」と叫ぶ声が聞こえてくる。私たちはすぐに畳を持ち上げて床下に隠れた。男の人は鳴り物入りで大騒ぎして追い払ってくれた。

私は近所の人の勧めで、ソ連将校の家のお手伝いさんになった。かなり年配のその将校は階級も上らしく、若い当番兵がいつも二人いた。かれは優しい人で、

「自分もロシアには、あなたと同じくらいの年の娘がいる」

といって、手真似口真似で話してくれた。ところがある日、将校の旦那が、家を留守にした時に兵隊の一人が突然、私に襲い掛かってきた。私は夢中で上の家に逃げた。そこは主人の他にマダムと子供がいるやはり上級将校の家で、奥さんは私をかばってくれ、夕方までそこに居て、事なきを得た。あの時の恐ろしさは今でも時々夢に出てくる。

日本に引き揚げる事になった時に、お手伝いに行った家に挨拶に行くと、

「ちょっと待て！」

と言われて、ロシア語で紙に何か書いて手渡された。

「途中危ない目にあった時は、この紙を見せなさい」

と言ってポケットに入れてくれた。「優しい人だった」と改めてソ連将校の温情に感謝した。

厳しい咸興の冬を生き延びて、漸く春の訪れを迎える頃、周りの人たちが三々五々と、三十八度線に向けて脱出し始めた。

私たち姉弟は、母親の帰りを今か今かと待ち続け、気が気ではなかった。隣・近所の人たちがいつの間にか居なくなって心ぼそくなり、それでも母親は帰って来ない。

「どうしたら良いだろう？」私たちは焦る気持ちばかりで、何も仕事が手に着かないでいる頃、やっと待ちに待った母親が帰って来た。ボロボロの乞食姿で！

私たちはビックリして目を疑った。母親は会寧から咸興までの三百五十キロを長い時間をかけて、さまざまな困難に出会いながらずうーと歩いてたどり着いたのだった。

母親の疲れの回復を待っていると、それから何日もしないうちに引き揚げのチャンスが来た。

私たちも身支度を整えて咸興駅に着くと、列車は既に出発した後で、もう乗れない事がわかり、残された私たちは仕方なく一団となって線路の上を歩き始めた。

幾日歩き続けただろうか？「線路は危ない」というので道なき道を、ひたすら南に向かって歩きに歩いた。皆は集団に遅れまいとして、必死になって頑張って着いて行こうとするのだが、次第に落伍する人も多くなり、山の峠の付近では、

「おーい！　おーい！」

と捨てられた人の呼び声が哀しく響いてくる。誰もそれを助けてあげる気力はない。

「ソ連兵がいるぞー」

と言う声が聞こえてくると、山の中の洞穴のような所に隠れたり、雨の中を進んだり、途中、倒れている人・死んでいる人を何人も見捨てて、ただただ、ひたすら歩き続けた。野宿も何度したことか？

何がしかのお金を出して、田舎の朝鮮の人の家に泊めてもらったり、親切なオモニーから食料を恵んでもらった事もあった。

途中でとうとう二歳の弟が母の背中で亡くなってしまっていた。可哀想にたった二年間のはかな

い命であったのを、密かに山の中に葬って、家族一同は手を合わせ、心を残しながら立ち去るしかなかった。

そうしている中に私たち家族は集団からはぐれてしまった。母と私と妹二人の女ばかり四人の一団となった。心細い限りであった。

とうとう保安隊に誰何されて、連れていかれた時にはどうなる事かと思ったが、この人は優しい半島人で、自分の家に連れて行ってご飯を腹一杯食べさせてくれたのだった。地獄で仏に出会ったようで、本当に嬉しかった。

またこの人の家の机の上には、日本人から押収したのであろう、ありとあらゆる種類のカメラが山のように積み上げられていて
「どれでも欲しいのを持って行って良いよ」

と言ってくれたが、厚く礼を言って断り、私たちはまた出発しなければならなかった。

何日歩いたのか解らない。今日は一体何月何日なのだろう。今となっては咸興を何時出発したかも覚えていない。思い出せないのだ。


いよいよ此処が三十八度線の川という所に到着した。待ちに待った私たちは勇んで川の中へはいっていった。

と、その時人影がして、何人かの人たちの動く様子。何と対岸の山で火事がおこって人々が騒いでいる様子。私たちは川の中の木立の中に身を隠し、じっと待っていた。川の水は冷たくて、足は冷えて痺れるような感覚になってきたが、

「でも、ここで見つかったら一巻の終わり」

とじっと我慢して待っていた。どのくらいの時間が過ぎたのだろうか？　やっと人影が去って、対岸に上陸する事が出来、咸興から三百キロを歩き続けた私たちの忍苦の旅が終わった。

(古嶋淳子さんは、私たちのクラスでも一番の我慢強い人。彼女は弓道の大会で、全朝鮮で優勝し、明治神宮まで行った事のある人です。咸興から列車にも乗らず、歩いて三十八度線を越した人は他にいないでしょう)

我が終戦の記

十七回生　東　二三子

あれから七十年。敗戦の悲惨さを思う度に未だに戦争絶対反対を声を大にして叫びたい気持ちです。

あの当時の私共の家族は母（四十八歳）弟の正雄（工業二）下の弟の義夫（小三）と私の四人でした。私は終戦日まで朝鮮貯蓄銀行咸興支店に勤務しておりました。が翌十六日から日本人は出勤しないでよいとの連絡がありました。

一週間位たって赤ら顔のソ連兵（以後ロスケと呼びます）が街の中に入って来ました。私の家は咸興劇場の角で菓子や煙草の店をしておりました。が敗戦後は隣家の朝鮮人が「日本人が　表から出入りすると目立つから」と言われ家の店は隣家の朝鮮人が朝鮮ソバ屋を始めました。

ある日朝鮮の保安隊が二、三人入って来て「今夜この辺をロスケを案内して回るけどこの家には連れてこないから。」と言いました。そのため母は何らかのお金を渡していました。咸興劇場の二階に住んでいる小林さん（支配人）に相談して、その夜から家中で小林さんの所へ泊まりに行く事になりました。翌朝家に帰ると家の中は荒らされていて私の大好きなオーバー等が盗まれておりました。昼間来たのは、きっと下見に来た例の朝鮮人のしわざだったのでしょう。それから毎晩咸劇へ泊まりに行きました。ある晩十二時頃にざわざわと話し声が聞こえるので窓からのぞいて見ると何とロスケが四、五十人位集まっているのです。

「今から映画を見せてくれ」との事です。小林さんは映写を始めました。私達は部屋の鍵を締めて映画の終わるまでまんじりともしませんでした。あの時のこわかった事は忘れません。

九月に入って北から避難して来た人達がうちの裏の河内旅館へ　沢山入って来ました。河内さんのおばさんが福井県の人が倉庫にいると言って来ました。冷たい地面にムシロを敷いて電気のない所へ住まさわされているのです。母が「お気の毒に同県の人だから」と言って、うちに来てもらいました。吉田さん家族です。おばさん（六十二〜三歳位）と長男夫婦と次男と娘さんの五人です。その内に母の同郷の若夫婦が頼って避難して来ました。沢崎さんです。吉田さんも沢崎さんも避難中に可愛い赤ちゃんを亡くされたそうです。市内に住む玉置さん夫婦が家を接収されたので一緒に住まわせてくれと頼ってこられました。せまい家の中は大人ばかり十三人になりました。すごく賑やかになりました。男達は金持ちの玉置さんを除いて皆マキ割人夫になって出かけました。体格の良かった上の弟も皆についていきました。食事はオカラの半分位入ったご飯でした。上の弟は丼に二杯食べて満足しておりました。

夜になると家中が一部屋に集まって来ます。マナ板の上の大根一本を肴にして「これ梨のつもり」「リンゴのつもり」と皆でバリバリ食べるのです。世間話。今日の出来事、食べ物の話等せい一杯楽しく仲良く暮らしました。冬の大根は甘味があっておいしいものでした。

市内では発疹チブスが蔓延しました。連日リヤカーに乗せられた死人が家の前を通りました。ムシロの下から両足がブラブラと垂れ下って可哀相で見ることができませんでした。我が家でも患者が出ました。私と吉田のおばさんです。二、三日たってトラックが迎えに来ました。患者が十人以上乗っていました。連れて行かれた発疹チブスの病院は商業学校でした。そこは兄が五年間通学した学校でした。

昨年まで兄の学校の運動会は盛大でした。我が家では店を締めて母は朝早くから弁当を作り父をはじめ家中でバスに乗って行った思い出多い学校でした。その日は毎年我が家の慰安会でした。私が入院したのは三月でしたが北鮮ではまだまだ寒く教室の病室は寒かった。全員軍隊毛布一枚と部屋の真ん中に置かれたストーブでは夜になると寒くてブルブル震えておりました。頭は入院と同時に全員バリカンで丸坊主です。同時に入院した吉田のおばさんは一週間目に亡くなられました。私は一か月位して退院できました。四月の半ばでした。

お金持ちの玉置さん夫妻が西湖津からヤミ船で帰るからと出て行かれました。我が家の引き揚げ第一号です。皆「お金ある人はいいね」とうらやましく思いました。それから二日位して夜中に窓の所で誰かが、「東さん、東さん」と小声で呼んでいるのです。玉置さん夫妻です。びっくりしました。あれほど喜んで出かけたのに、朝鮮人に騙されて有り金もほとんど巻き上げられて西湖津から歩いて帰って来たそうです。船主と　保安隊が、ぐるになっていたのでしょう。その翌日から玉置さんの旦那もマキ割り人夫になりました。

五月になると北から避難して来た人から順番に引き揚げ列車が出ました。吉田さん、沢崎さんの家族が帰り又玉置さん夫妻も帰りました。

待ちに待った大和町の引き揚げ命令が出たのは五月二十四日でした。足を怪我していた下の弟はまだ歩けません。私が弟を背負う事になり二つのリックは母と上の弟が背負う事になりました。三時ころに咸興駅に集合しました。町内長さんの話では千人位いると言っておりました。やっと乗った列車は石炭を運ぶ無蓋車でした。暗くなってから咸興駅を出発しました。二十年生まれ育った思い出多い町に別れを告げました。未練はありません。たゞ日本へ帰れる嬉しさで一ぱいでした。

ぎゅうぎゅう詰めの貨車がスピードを増すごとに夜空をかけぬける風の冷たい事、家族で抱き合っておりました。途中何回となく止まって金を要求していた列車も朝方にはやっと元山につきました。いつ出発するか知れない列車で待つこと十数時間。

元山を出発したのが夜でした。さあいよいよ三十八度線に近づいて来ました。

「鉄道の駅に沢山のロスケが待っていて女の人は皆連れていかれる。」との情報が入りその一つ手前の駅で全員が下車しました。これから山道を通って国境を超える事になりました。私は上の弟の学生服に戦闘帽をかぶり男装になりました。皆一生懸命に歩きました。母は一日歩いただけで足が痛くなってリックが背負えなくなりました。幸いに団体の中に脱走兵の人が混じっていてその人にリックをお願いしました。朝から夜まで山道を歩きました。大きな川の所にくると休憩です。上の弟はリックを下すとすぐに母を迎えに行き私はご飯を炊くのです。

　部落、部落で保安隊の検問に会い、リックの中の目ぼしいものは取られてしまいます。リックの底に入れていた私の服や時計も取られました。夜は朝鮮人の民家へ泊めてもらい野宿をしなかったのは幸いでした。細い山道を一列になって歩くのです。雨の日はゴザを頭からかぶって歩きました。ある時、雨上がりの山の上で私は弟を背負ったまま「水、水」といって倒れてしまいました。

　丁度その時、後ろの方から来た男の人が

「水はここにあるぞ」

　と言って四合瓶に少し入っている水を差し出して去って行かれました。私はその時の水のおかげで又歩き出す事が出来たのです。それからは道端の葉っぱにたまったしずくをすすりながら山を下りました。その時の事は終生忘れる事が出来ないでしょう。

　咸興を出発して十二日目にようやく三十八度線の国境を越える事が出来ました。その時の喜び皆一目散に走りました。国境線の踏切遮断機の見えなくなるまで。

　米軍のキャンプに収容されて船が仁川から出港しました。引き揚げ船が博多港に着いたのは六月二十六日でした。博多港の船の甲板で船員さんの唄った「リンゴの唄」がすごく新鮮に聞こえた事が今だに印象に残っております。

　遠い北鮮の地より強く逞しく生きぬいて来た同窓の友よ。健康で一日でも長生きしましょう。

終戦の思い出

十七回生　津谷　幸子

　私たち家族は父の仕事の関係で、はるか北の港町、城津（じょうしん）に居ました。あの日も短い夏の終わりの名残か、暑い日でした。その翌日、北朝鮮城津から、日本にむかっての脱出の道行が始まったのです。

　城津から列車で↓高原の住友炭鉱山社宅へ↓社宅の人達と文坪（ぶんぴょう）の住友精錬所社宅へ↓年を越して

二月末、三十八度線を越える為の行動開始↓突破↓京城↓釜山↓興安丸にて博多↓両親の故郷の秋田へ到着。

高原の住友の社宅の人達と、文坪の住友精錬所へ歩いて行くことになり、途中の山、川、みつからないように、逃げ隠れしながら、ひたすら歩きました。夜は草むら、木のかげに潜みながらの野宿です。眞暗ななか、夜空の星をながめながら私達は一対どうなるのかしら……、早く日本に帰りたい!! 帰りたい!! 不安と望郷の思いに涙を流したものです。

山中で、保安官にみつかり、母が私達の為に縫ってくれた着物他の衣類、食料品……ことごとく取りあげられ、着の身着のままでした。一握りの炒った大豆が、一日の糧、二、三つぶの大豆をいつまでも大事にかみしめ、空腹をがまんしました。

文坪も間近くなった大通り、かたまって歩くと日本人だとわかるので二、三人ずつ間隔をおいて、私は妹と顔に泥をすり込み、男の子に扮装して歩きましたが、眞向うからソ連兵をいっぱい乗せたトラックが、走ってきました。その時の恐ろしかったこと……妹と二人思わず道の脇の草むらに身をかくしました。ゴーッとトラックは止まり、ソ連兵がバラバラと下りてきて、かこまれてしまいました。将校らしい人が、私と妹の帽子を取ると、パラパラと前髪が出てきたので、小さな女の子と思ったのでしょう、日本語で、

「ニゲタリ、カクレタリ、イケマセン、マッスグアルイテ、イキナサーイ」

と言われました。日本語の話せる、やさしい将校さんで助かりました。

まもなく後の方に歩いていた母が、心配のあまり半狂乱な顔つきで私達のところへとんできたのを思い出します。

残務整理の為、城津に残って、おくれてきた父と、咸興よりきた弟と、いとこの綾子ちゃんと文坪で合流し、家族全部そろって、住友精錬所の社宅独身寮に入りやっと落ち付きましたが、ここでも女性は安全ではありません。毎日ソ連兵が〝ヤポンスキーマダム〟と言っては家の中に乗り込ん

できます。弟達が外で見張り番です。

「ロスケだよー」の声に、
私と綾子ちゃんと妹は、押し入れにかくれたり、床下にもぐりこんだり、スリル満点、冷汗ものでした。

まもなく文坪では、朝鮮人社宅と日本人社宅と交換することになりました。父達日本の男性達は労働者となり、朝鮮の人達が、部長、課長など役付となり、会社を動かしていたようです。

ソ連兵の心配もなくなり、この労務者用社宅で敗戦の年を越したのです。六帖と四帖位のオンドルの部屋と台所でしたが、父達の働いてくれる賃金で暖かい冬でした。時々浜に出ては青い海原を眺め、日本は遠く遠く彼方と見えてなりませんでした。

一九四五年の冬を文坪の労務者社宅で越し、二月、いよいよ脱出を決行しました。

ある夜文坪の駅から貨物車に乗り、すしづめの中にまぎれ込みました。まわりはペラペラと朝鮮語、私達は口を開かず姿は朝鮮人になりきることです。ある駅でガターンと止まり、

「イルボンサラミヨー」

この列車に日本人が乗っているらしい、と検査です。私達は父の合図にしたがってす早く、黙黙と、貨物車の屋根の上に這い上り、身を伏せかくれました。ふり落されないように貨車の屋根にしがみつき、トンネル通過の恐ろしかったこと、日本人が数人乗っていたようです。

でも又、サンボウキョウと言う駅でとまり、とうとう上までしらべにきました。懐中電燈で一人一人顔を照らされ、

「オデワッソヨー」「オンサンソヨー」

と必死で答え、しのぎました。あ、よかったと思った。

「イルボンサラミヨー」

と綾子ちゃんがつかまってしまい、万事休す、一家はゾロゾロと下車し囚われてしまいました。

二日程父と弟は牢屋のようなところに留置されました。そしてもとの文坪へもどされてしまい一回目の脱出は失敗でした。

その三坊峡（さんぼうきょう）で、娘を一人置いてゆくように言われたそうですが、父は朝鮮語を上手に話し断ったところ、「お前は、日本人なのによく、朝鮮語をおぼえた」とほめられて、それに免じて許してもらえたそうです。

父は学校卒業後咸鏡南道庁に就職しましたが、まず心がけたのは、秋田のなまり、ずーずー弁を直す練習と同時に朝鮮語の勉強をしたそうです。このことが後々になり、日本にたどりつくまでの、つらい道中にとても役に立ち、時には家に泊めてもらったり、こっそりと食べものを持ってきてくれたり、道中朝鮮の人達に何度も助けられたのです。

二回目の脱出は列車にたよることはやめ、初めから歩いて三十八度線を越える計画を立てました。同じ住友関係の方達、何組か、二十人以上だったように思います。

野を歩き、川を渡り、山を越え、何キロメートル位歩いたでしょうか…。そのときも昔、父と共に仕事をしていた、金さんに偶然出会い、

「父にはとても世話になった」と涙をこぼし

「それを少しでもおかえししたい」

と、家に泊めてもらったり、食料をいただいたりしたことを覚えています。

あの川の向こうはもう三十八度線という所までたどりつきました。ソ連兵が二、三時間おきに巡回に来るので、その間をぬって、この川を渡らなければなりません。私達は草むらのしげみに身をかくし、その時のチャンスを待ちました。……

「さあ、渡ろう」とのかけ声に衣類を頭の上のせ紐でしばり、ざぶざぶと向こう岸にむかって、水の中を渡りました。見つからないか？と胸がドキドキです。川の水は胸位まででしたので歩いて渡れました。

着いた！もう見つかってもソ連兵からは撃たれない。

もう安全！あのすがすがしい気持ちは今思い出しても胸が高鳴ります。

南鮮に渡ってからの宿でも、こんどはアメリカ兵が

「娘達をほしい」
とやって来ました。母は両手を広げて私達を庇い、
「ノーノー　マイドーター」
と必死でしたが、アメリカ兵は、紳士的でそれ以上強要しませんでした。あの時の強い母の姿、忘れられません。

とにかく、私達は両親の懸命な庇護のもとに無事に日本に帰ってこられました。今更ながら亡き両親に感謝です。

私は今回の松本さんからの呼び掛けで、引き揚げ当時の思い出を書いて見ましたが、思い出すだけで、過去を通りすぎるだけでいいのだろうか、それだけでは只むなしさが残るだけ、と思えてなりません。なぜ？と、私自身の心の中で問い正してみたいと思います。

日本の植民地政策の下で、朝鮮半島の人々は土地を奪われ、言葉を奪われ、名前までも奪われました。何と、ひどいことをしたのでしょう。あの頃私は幼なかったとは言え朝鮮の人々の運命的な怒り、悲しみ、苦しみを知る心がありませんでした。はっきりと眞実を見きわめるだけの理解を持っていませんでしたし、いや眞実を知ることの出来ない時代だったことの恐ろしさを感じます。

かつてのおぞましい侵略行為を深いざんげの思いなしにはふり返ることができません。私達の国の収奪の歴史に、今は胸のいたむ思いでいっぱいです。

過去の歴史を正しく知ることなしには本当の意味で今を生きることもできないのではないでしょうか。せめて、私たちに残された、年月を愛する子供達、可愛いい孫たちに、現在の日本の社会から、民族的差別を無くし、二度とあの恐しい悲劇的な戦争を起こすことのないよう、平和を愛する心が一人一人にもてるように話し聞かせて行かねばならないと思います。

(綾子ちゃんは幸子さん姉妹の従兄（いとこ）で、三人ともとてもチャーミングな美少女たちでした。またお母様はモダンで、音に聞こえた美しい方でした。)

月蒼き三十八度線

十七回生　小幡　アヤメ

昭和十七年鴨緑江ダム建設のため父は家族を連れてここ満浦鎮の町に住んだ。私は女学校の寄宿舎へ、弟は咸興師範の寄宿舎へ残った。

国境の町の駐屯隊にいた父は、終戦と共に復員。すぐ日本人会に所属して働いたがある日突然連行されて行った。水盃を交わした父は黙って出て行った。シベリヤかも知れないとささやかれたが一か月程してひょっこり戻って来た。この父がいなかったら、私達の引き揚げは困難を極めたものになっていただろう。

終戦の玉音に接したのは工場であった。

新卒の私は四年生担当であったが、男先生の出征で、七月から六年生を担当し、工場動員中であったので、たった四か月の教員生活であった。

終戦後は、ソ連軍が南下。途中下車する度に駅前の日本人達は暴行を受け自殺者まで出した。婦女子は丸坊主になり男装してかくれ住んだ。

私も何度か断髪を迫られたが、丘の上にある社宅には一度もソ連兵は現れず、とうとう長い髪のままで帰国する事ができたが、その代わりに父が支度してくれたチョゴリを着て一か月以上押入れの床下で暮らした。でも近くまでソ連兵が来ているらしいと教えられると母と一緒に上の丘のトウキビ畑の中に逃げ込んだ。秋の風が、まるで人が分け入って来るようにざわざわと揺れたり、いつまでも毛布にくるまって星空を仰いでいたりした。

秋も深まった頃、元教員はソ連司令部へ招集された。始めて出かける町は静かだったが、足がガクガクと先へ進まない程怖ろしかった。

丸坊主の女先生を見た司令官がいぶかって訳を聞き部下の無礼を詫びて、その後は少しずつ治安が保たれて行った。「引き揚げ命令が出るまで子女を教育するように」との事だったが、遂にその日は来なかった。

ある日の夕方銃を持った兵隊が二人どかどかと土足で上がり込んだ。「日本人は五時までに駅に集結せよ。引き揚げ列車に遅れた者は銃殺」というのである。だまされた日本人の大多数が家も家財も失い、元日本人経営の旅館などで団体生活となった。

私たちの社宅は幸いにその難を逸がれ、売り食いをしながら冬を越し得たのである。町が落ち着くと父をそっと働かせて下さった現地の方がいた。父は夜の間を稼ぎながら家族の寝まった頃をみはからってはリュックにつける木札を作っていた。千円札を入れ、ペーパーをかけ一枚の板のようにに精巧に九つの木札を作り上げそれぞれのリュックにしばりつけた。

私もそのうち現地の洋服屋さんから口がかかり帰国まで働かせて頂いた。二十歳の私を連れた家族は不用意に脱走も出来ず、待ちに待ったこの引き揚げ命令である。

昭和二十一年九月のことであった。引き揚げの前日にはある方から豆腐が盥一ぱい届けられた。私達家族だけでなく集結中の引き揚げ者六十名への温かい心遣いだった。

普過列車は満州からの日本人と私たち六十名を乗せて一路南下。平壌で列車から降ろされプラットフォームで翌朝の乗換列車を待った。ソ連兵からの目をのがれるため私の体の上には団体の荷物がうず高く積み上げられた。コツコツと見回りの兵士の靴音が通り過ぎる時、自分の鼓動が聞きとられはしないかと思う程高鳴っていた。

三十八度線近くの駅で降ろされ、あとは保安隊の兵士に守られながら、弟たちは荷馬車で私たちは徒歩で、村々を通り過ぎた。途中の検問所で身体検査を受け、風景のある写真類はすべて取り上げられてしまった。保安隊とも別れいよいよ三十八度線突破。

父母と弟四人、妹二人背負ったり手を引いたり。かなり　歩いた先に細い小さい川が流れていた。これが三十八度線だといふ言葉を半信半疑で聞きながら飛び越えた。安全地帯までこれから先が長かった。日のあるうちは、割合元気に歩いたが、夜に入るとさすがにくたびれ果ててみんな言葉少なになった。

「朝鮮の人が婦女子を捕えてソ連兵に売る」とか

「ここはソ連兵が出没する」

とか云われる地帯に入った。

耿々と青い日没の丘陵が無気味な起伏を見せて連なり、どこからも見通しのきく地帯である。

一団は黒い細い長い影となって、いつ襲われるかも知れない不安におののきながら、ひたすら歩いた。「しゃべるな。」「子供を泣かせるな。」とささやき合いながら。

ようやく辿りついた南朝鮮の、とある駅の貨車の中に保護された時は、みんな綿のように疲れ果てていた。

しかし幸いにこの夜は人っ子一人にも出会わず三十八度線を無事突破したのである。貨車の中に保護され、日本人の係官から、日本の苦しく厳しい実状を聞かされると、母はそのまま気を失ってしまった。

闇の町へ消えて行った父が、しばらくすると家族の食糧を抱えて帰って来た。

翌朝列車は、開城の日本人テント村へ向かった。引き揚げ命令前に南下した三万人余の人々がテント生活をしていた。私たちの町を三か月も前に出発した人々が倒れ込むように辿り着いたりした。

棒のようにやせ細った死人が十数人ずつ、筵にくるまれて毎日のようにトラックで運ばれて行った。

配給の高りゃんのお粥を食べて、帰国順番を待っていたある日、赤ちゃんを背負った同級生の茅島諏訪子さんに出会った。どんなにかつらい引き揚げの途中であったか知れないのに、何もしてあげられなかった事が今も心に残る思い出である。

二十一年十月二十八日釜山港から興安丸で博多に帰港。荒れたさびしい港町だった事、山陰線がみすぼらしかった事、沿線を歩く人々がセカセカと忙しげだった事を覚えている。バスのまだ通わない小雨の降る隠岐の山陰をそれぞれのリュックを背負って故里中村へ。雨のもみじ径だった。

七歳の小学入学から師範卒業まで過した北朝鮮。遠い日の苦しい敗戦、引き揚げであったが、過ぎて見るとなつかしい温かい朝鮮の日々の思い出である。終戦の日まで私の弁当も作り続けて下さった現地のK女先生。

忠魂碑の丘に沈む赫い巨きな夕日。香りをたどって行けば必ず出会った鈴蘭の群生。

スケートも歯が立たないほど凍てつく鴨緑江を渡ってトラックが往来し、纏足の満人が物々交換に来てくれた。

晴れた対岸を楽の音とマーチョに揺られて行く花嫁の列。

江を越えて行けば満州の原に大きい土饅頭の将軍塚、漢詩を美しい文字で刻んだ石碑。

北鮮の人々の記憶と、遥かなる北鮮の山河は、いつまでも私の心のふるさとである。

この原稿を書きながら日鮮友好の会談のニュースに接し、どんなに嬉しかったか知れない。

北鮮野　花として咲かせ　鳳仙花

思い出

十七回生　加田　澄子

かつて住み馴れた、忘れ雑き地、咸鏡南道は日本海に面した北朝鮮にある。その中心都市咸興の郊外には、城川江という大河があり年中豊かな水量をたたえて流れていた。その川にかかる大橋を渡ると「五老里」という集落がある。そこで私達一家は、警察官であった父の退職後も、終の住み家として暮らしていた。

私は咸興女学校から京城女子師範学校に進み、卒業すると自宅に近い朝鮮人児童の学校に赴任した。全児童数は千人を超えていたと思う。各教室には、日の丸と御真影が掲示され、教育勅語に基く教育であった。主席女教師は朝鮮人で、色々な事をこと細かく指導して下さった。

ところが八月十五日終戦の玉音放送を境に世の中が一変した。日本人教師は自宅から一歩も出られなくなった。勤務していた小学校には、ロシアに追われ北から逃げてきた日本兵や避難民でいっぱいになった。髭ぼうぼうの顔がお腹をすかせてまわりをうろついた。畑に残っていた一、二個のトマトを素早く口にして飢をしのぐ哀れな日本人の姿がそこにあった。

当時父は、警察を定年退職して家にいたが、周辺では警察官や元警察官までも強制的に連行され、何時の間にかいなくなった。そうして父もとうとう引っ張られた。が間もなくある夜帰って来た。かつて思想犯で調べたことのある青年が今では立派な地位につき父の顔を見つけると何故かそっと署の外に出してくれたと言う。やがて十二月になるとその方からの連絡で、満州や北方から命からがら避難して来た人を一次的に元青年職業訓練所に集め、その世話をするよう依頼され、私達一家も旧所長宅に入る事になった。青年職業訓練所には、千人近い人がぎっしり入り幼い子も老人もいた。せまりくる極寒の冬将軍に対してこの人たちは何も持っていなかった。

父は咸興の日本人引き揚げ者本部と始終連絡をとり食料やフトンなどの用達にあけくれた。

やがて冬の最中、当時猛烈な勢いで蔓延していた発診チフスに父と私は倒れ約一か月動けなくなった。母は親しかった朝鮮人医師に頼み、毎夜中に往診してもらいその献身的な手当でのお陰で生還した。二週間ぶりに風呂に入り、初めて戸外を歩いて私は、地球はなぜこんなにデコボコなのかと驚いた。まともに歩けなかったのである。私達に親切にしてくれたのは医者だけではなく、、朝起きると、裏の戸口に白米の袋が置かれていたり、新鮮な野菜類がだまって置かれていた。心のこもった賜り物。死ぬまで有難く残るだろう。しかし訓練所に押し込められた北からの日本人避難者は食料もなく不衛生な中でバタバタと倒れて行った。墓穴はいくつ掘っても足りなかった。

夕方暗くなるとソ連兵の女漁りが始まり生きた心地がしなかった。私たちは訓練所を出て、高さんという朝鮮人の地下室にかくまってもらっていた。地下室は地上より温かく何種類もあるキムチ漬のカメからにんにくの匂いがただよって来て、私たちの食欲をそそった。高さんのお陰でどうにか冬を越せた。翌二十一年五月、私たちにも日本引き揚げのチャンスがやって来た。両親と姉、私と妹、十一歳の弟、それに産後まもない姉は、赤子を抱いていた。鉄原まで貨物列車に乗ることができたが、それから先は「歩き」だった。夜歩き昼は休む生活で一体何日間歩き続け何日かかったのだろう。記憶はさだかではない。川は三回渡ったような気がする。夢遊病者のようにだまって歩くだけで、どこの村を通り過ぎたのか、日本人の死体もいくつ見たことか、どう通りぬけたのか覚えてはいない。

なけなしの荷物は保安隊に「検査」といって取りあげられ、時にはロスケの姿におどされながら、一団となって歩いたのである。

そして腰迄つかる最後の川を渡り切った時、ここが南鮮だった。私たちは助かったのだった。

アルマイトの弁当箱

十七回生　古路鈴子

冷蔵庫の中にそっと置かれたちっぽけなアルマイトの弁当箱—ふたに花模様があるだけで、長方形の平凡なものだが、私にとっては過去の思い出がいっぱいつまった、かけがえのない〝玉手箱〟なのである。ところどころがへっこみ、ふたに刻まれた無数のきず跡は、いまはなき父母とともに北朝鮮から決死の脱出をした当時を語る日記のようなものだ。

当時は流行の先端

弁当箱を開いてみよう。思い出は七十年ほど前にさかのぼる。北朝鮮・咸鏡南道咸興府で警察署長をしていた父武田信助、母和加代と三人暮しだった私は、咸興小学校四年生のとき、当時としては流行の先端だったアルマイト製の弁当箱を買ってもらった。クラスでも評判になり、お昼が待遠しかった。そして、この弁当箱は咸興高女を卒業するまでついて回り、希望に満ちた生活があふれていた。

しかし、戦局は次第に傾き、ソ連の参戦、やがて終戦と、暗黒時代が始った。咸興府の特別警察隊長になっていた父は、私の弁当箱を持って強制労働に通っていたが、二十年九月末のある日、戦犯として逮捕されてしまった。女の一人歩きなどおよびもつかなかった当時のこと、断髪、男装の私が保安隊本部をたずねると「シベリア送りの形見だ」と渡されたのが、この弁当箱だった。その中には梅干の種が一つくっついていた。

さらに五十日ほどたって、父は咸興の刑務所にいることがわかった。さっそく弁当を差し入れ、あき箱を受け取りにいくと、食べ残しのめしつぶにまみれ「病気で死ぬ寸前」と走り書きした紙つぶがまじっていた。父は発しんチフスで倒れ、食べる力も失っていたので、同房者が看守の目をかすめて弁当箱に託してくれた便りだった。

私は再度保安隊本部を訪れ「ひと目会わせてほしい」と必死にたのみ、同本部も親思いの情熱に打たれてか、仮釈放してくれた。私たちの暖かい看病で、父は少しずつよくなっていった。だが、保安隊は常に監視の目を光らせ、おまけに咸興の自宅も接収されてしまった。親子は知人宅の一室へ移ったが、保安隊は相変らず毎日見回りに現れ、父の回復を待ちわびている様子だった。

このままでは父の命はない—私たち親子は在留邦人の間ですすめられていた脱走計画に加わった。それは、大金を投じて漁船を雇い、海からのがれるものだった。

ぼろ服まとい脱走

脱走は二十一年三月十五日夜と決まった。怪しまれないように三人は現地で手に入れたぼろ服をまとった。荷物は乾飯（ほしい）をびっしりつめた弁当箱ただひとつ。指定された咸興付近の漁村へ集まった三十人は船底の魚を入れるすき間に、文字通りすし詰めにされた。やみにまぎれて出港した船は、動力もなく、帆一本の風まかせというたよりなさ。あらしにもまれ海水をあびながら、船はのろのろと進んだ。それでも三日目には三十八度線を越え、無事注文津という小さな漁村へ着いた。身動きもできない船底で三人の命をつないだのは、弁当箱の乾飯だったし、うれし涙のうちに水で乾杯したのも、この弁当箱だった。

釜山へたどりついた三人は日本人世話会がつくった熱いおかゆをついでもらい、弁当箱を取り落としかけたこともあった。そして山口県仙崎港へ着いたときは、見知らぬ人からもらったたくあんをふたの上で切り、涙ながらに祖国の味をかみしめたものだった―。

父の郷里、会津若松へ落ち着いた私は、しばらく事務員として働き、そのときも弁当箱は離さなかった。

その後は調味料やつけもの入れとして役立っている。

「両親とも亡くなり、きょうだいや訪れる故郷すらない私にとって、この弁当箱は人生の哀歓をわかちあったただ一つの仲間といえます。それだけに私の分身としての愛着を感じます。子どもたちにだけは戦争のこんな苦しみを味わせたくありません―」としみじみと感じる。

（中国新聞掲載分「戦争を刻むわたしの記念品」より）

医者として殉職した父の遺骨を胸に

石川県金沢山　十七回生　高田和子

八月十五日、終戦の日は暑い日でした。私は京城の女子医専の一年生で下宿生活していました。友人と終戦のラジオを聞き、日本人は学校に行けず内地に帰らねばならないなどと話しておりました。

父に電話しましたらすぐ家に帰るように言われました。

私は大邱で生まれましたが、父の転勤で女学校は咸興高女を卒業し、父の転勤で平壌にいました。父は咸興では、道立病院の院長、平壌では院長と平壌医専の校長も勤めておりました。平壌は終戦後もしばらくは安泰で平和な日が続いておりました。

父は残務整理に、母と私は荷物の整理を毎日していました。しかしある日のこと、旧ソ連が日ソ中立条約を一方的にやぶり対日参戦して来て、私の住んでいる平壌にもやってきて駐留しました。

十九歳の私は皆と相談し、頭は男の人のようにカリアゲ、父の洋服を着て生活しておりましたが、一か月もした頃突然兵隊が入って来て、家の中を見て歩きました。私はこわくてトイレにずっとかくれていました。通訳に私の家を使うので「半日で家をあけろ」と言われました。

一家五人八畳一間の知人の家にお世話になることになりました。日本人と韓国人の立場は逆転しました。

日本人は仂く事が出来ませんでしたが、日本人の病人が沢山出るようになったので、韓国人の許可を得て日本人会病院診療所が開かれていました。

父も私もそこで働きました。満州から逃げてきた人達は小学校の校堂に大勢避難してたいへん悲惨な生活を送っておりました。患者さんの診察は毎日大変でした。衛生材料、薬もだんだん少なくなり発疹チフスが発生し、多くの方が亡くなられました。

父もとうとう発疹チフスにかかり一週間高熱が続いていましたが帰らぬ人となりました。

昭和二十一年一月十一日です。あまりにも多くの人が死ぬので当時日本人は皆火葬にはされなかったのですが、功績を認められて韓国人の責任者の方が特別に火葬葬式をして下さり遺骨を持って帰る事が出来たのは不幸中の幸いの一つと言わなければなりません。

千秋の思いで内地帰還を願っていたのですが、北朝鮮の事情が許さず、大勢の人が彼の地で亡くなりました。

寒く苦しかった冬を越し、春が来てもまだ平壌の引き揚げは始まりません。暑い夏も過ぎ去るのかと思えた頃、突然チャンスがやって来ました。近所の人とグループを作りこっそり夜中に町を出て、南の三十八度線に向かって歩くのです。

韓国人は見て見ぬふりをしていてくれました

が、関所が何か所あり目ぼしい品は取り上げられるのです。一週間歩いたでしょうかやっと三十八度線の開城につきました。その時の嬉しかったこと。米軍によって白いDDTを体中にまかれテントの中で汽車の順番を待ちました。

博多に上陸したのは九月の中旬でした。

初めて見る祖國は美しく柿の実があざやかに目にしみたのを思い出しています。

(東の咸興ではペトロフ大佐・西の平壌では高田さんのお父様、お二人とも医学の最高権威者でありながら、自らの命を捧げて日本人を伝染病から護ってくださった貴いお方でした)

警察官の家族の運命

大分県　十七回生　二宮　イサ子

新米教師の誕生、北朝鮮咸鏡南道の咸興公立高等女学校を、昭和十九（一九四四）年の三月に卒業した私は、四月に官立元山女子師範学校に入学し、翌年の三月に卒業する一年を国民学校の教師としての勉強をした。

卒業後は新米教師として、咸興より少し北の洪原邑の前津（ぜんしん）国民学校に赴任したが、ここは朝鮮人の国民学校であった。当時は後で考えると戦争末期であったが、そんなことは知らず子供たちは生き生きとしていて、軍歌を歌って登校して来た。どの子供もかわいらしく、私は教師になった喜びをかみしめていた。五、六月ごろになると、一段と戦争の激しいニュースが伝えられるようになってきたが、私たち教師は子供たちを励ましながら、勤労奉仕などに一緒に汗を流して働いていた。

当時、父は同じ洪原邑（こうげんゆう）の警察署長をしていたが、突然七月に咸興南道庁の警察課勤務という辞令を受けて、咸興府に移ることになった。「教師とは言えども、女を朝鮮の田舎村に一人残しておくわけにはいかない」という家族一同の意見によって、私も父と共に咸興府に転出を命じられて、前津国民学校を去ることになった。たった三か月余りの師弟としての出会いだったが、朝鮮人の子供との涙の別れを今も忘れることができない。

咸興での私の新しい着任校は、私の出身母校の咸興公立国民学校で、ここは日本人小学校だった。校舎そのものは、昔と変わらずの煉瓦建てで堂々としていたが、私が校舎に入って驚いたことは、最後の本土防衛の任務につく、北満から転進して来た兵隊でいっぱいだったことだ。大部分の生徒は近くの町の集会所にいて、一部の生徒は国民学校の裏手にある高等女学校の教室に入っていた。校舎内には、一人の生徒も見受けられなかった。

登校第一日の七月十四日、裏手の高女の教室で、校長先生から「三年竹組の担任を命ずる」と発令を受けた。竹組は男子組だった。かつて私が学んだ音楽室が、私の担当学級の教室であった。そのころはまだ咸興市は空襲はなかったが、警戒警報のサイレンは度々鳴り響いた。真夜中でも警報が出ると、私は学校へ走った。昼間に警戒警報が鳴ると、生徒を校舎に集めて裏山の防空壕に避難させた。夏になったある日も、家庭学習の点検中に警報が出て防空壕に避難したが、爆撃もなく解除となり全員無事でほっと安心した。しかし、そのときは既に日ソ中立条約を一方的に破棄したソ連軍が、朝鮮の北の都市、清津や羅南に侵攻していた。学校内の若い男子職員は、ほとんど召集を受けて次々と入隊して、学校を離れていた。残った女子職員だけでは心細い思いだったが、なんとも致し方なく、頑張るしかなく国家の危機存亡にかかわる非常時であり、新米教師もモンペ姿できびきびと活動した。

八月十五日を迎えた

「今日は正午に、重大ニュースがラジオで放送されるから、全員聞くように」という知らせが朝からあった。昼前に校庭にラジオを持ち出し、職員、生徒はもちろん、駐屯している兵隊さんたちもみんな集まった。正午、天皇陛下の玉音放送が流れてきたが、空中状態が悪いのか、途切れ途切れでよく聞こえずに、全体の理解ができなかった。しかし「日本が無条件降伏をした」「日本が負けた」「もう戦争が終わった」ということは断片的ながら理解できた。だが、すぐに「今からどうなるのだろうか?」という不安で、頭の中はいっぱいになっていた。そばにいた兵隊さんの中には、「どうして最後まで戦わないのだ!」と、悔しさのあまり大声で怒鳴っている人もいた。後で聞いた話では、隣の学校では日本刀でラジオを真二つに切った兵隊さんがいたそうだ。校長先生の指示で、生徒を急いで帰宅させ、私たち職員は自宅待機となった。

咸興市街では、「日本負けた! 日本負けた!」と、大声を出しながら練り歩く朝鮮人がだんだんと数を増し、解放独立の喜びを発散していたが、弱者の引け目からか、なんとなく日本人に対して冷たい態度を感じた。その中には、私たち日本人に対して石を投げたりする者もいたので、日本人はできるだけ屋外に出ないように心掛けた。

重要書類の焼却

路地の奥まった所にある我が家は、表通りからまっすぐに正面玄関が見えていた。正面から侵入されると危険なので、玄関をぴったりと閉じて、裏門から出入りすることにした。終戦直後、すぐに朝鮮保安隊が創設されたが、そこからの命令指示で、日本人はラジオを聴くことが禁止されてしまった。日本がどうなったのか、朝鮮に居留する日本人はどうしているのか、などの情報が一切途絶えていた。

道庁警察官だった父は、終戦後の残務処理のために、八月二十日まで道庁に詰めていた。終戦直後から、道の各官庁事務所の庭の広場などで重要書類を焼却する仕事が始まり、咸興市内には黒煙がもくもくと何本も天空に流れていた。

ソ連軍の進駐

終戦後一週間目に、とうとう咸興市街にもソ連軍が進駐して来た。軍用トラックに薄汚れた軍服を着たソ連兵を満載して、どっと入って来た。この兵隊は、囚人兵とのことが伝えられた。女、子供は見るのも怖くなって、みんな家に引き籠もって隠れた。咸興府の主要な建物は、すべてソ連側に接収された。しばらくすると、街中で頭を丸坊主にしたソ連兵が横行し始めた。

九月十日のことだったが、学校に出るようにとの連絡があったので、久しぶりに学校に行った。その日は不思議に静かな朝だった。私は戦争に負け、ソ連軍が入って来た現実をすっかり忘れて、何も考えずに校舎の土間に入ると、突然入り口でソ連兵から銃を突きつけられた。びっくりした私は肝をひやし、はっと正気に返り、慌てて校庭を横切って校長官舎に逃げ込んだ。この日は、集まった先生方と、それぞれの受け持ちの生徒の在学証明書を作成した。

北の方から避難して咸興の街に入って来た日本人避難民は、街中のお寺、料亭、遊郭など大きな建物に収容されて、集団生活をして帰国の日を待っていた。この避難民は、みんな着の身着のままで、戦場と化した自分の家を飛び出して、逃げ延びた人たちであった。そのために、日々の生活は大変な苦労があった。その上、これらの人々を狙って、ソ連兵が毎晩のごとくに襲い、強奪を重ねていた。そのうちに女性を追い回すようになり、彼らの牙から逃げ遅れた人が、多数犠牲者となった。女がいる家に目星をつけて襲って来るので、女性は屋外に出なかった。我が家でも女の子が多いので、父は毎晩玄関の部屋に座って見張り番をして私たちを守ってくれた。「何が起こっても絶対に顔を出すな！」と厳しく言われ、日中でもちょっとの間窓から覗いたりすると、強く叱られた。

ある日、月の明るい夜だったが、夕食が終わったころ、「助けて！　助けて！」という女の悲鳴が、近くの二階家の方から聞こえてきた。窓を開けて見ようと、窓辺に近寄ろうとしたら、父が「開けるな！　電灯を消せ」と、押し殺した声で言った。それでも、好奇心から真っ暗な部屋のカーテンの隙間から外を覗くと、すぐ隣家のベランダに人影が見えた。何か分からないが、人のひそひそ声が聞こえる。どうなることかと息を潜めて見ていたが、そのうちに人影も見えなくなり、声も聞かれずに静かになった。その後、河合さんが話してくれたが、その夜「班長さん宅の裏木戸から『河合さん！』と呼ぶ声がしたので、河合さんが戸を開けたら、一人の朝鮮人が、ロスケを連れていた。すると、突然にそのロスケが奥さんに襲いかかった。とっさに奥さんが、そばの乳飲み子を抱えて二階に逃げた。ロスケが追いかけて来たので、逃げ場のなくなった奥さんは子供を抱えて、隣の家のベランダに飛び移り逃げたが、最後には銃を突きつけられてしまった。奥さんは『この子供と一緒に殺せ』と、手真似でわめいて座り込んだ。ソ連兵はしばらく銃を突きつけていたが、舌打ちをして帰って行った」ということだった。一メートルも離れていない二階のベランダを、子供を抱えて逃げ回った奥様の話に、戦慄を感じた。街のあちらこちらで女性が襲われ、中には不幸にも殺された人もあった。このころから、若い女性は髪を切り、丸坊主にして男装した人が多くなった。

警察官の調査開始

八月の終わりごろ、保安隊が「この辺りに警察官がいるはずだ」と言って、近所に聞いて回った。するとオモニさんが「ここにはいない。違うよ」と言って裏の方に連れて行ってくれたことで父は一難去ったが、油断はできない日々が続いた。その後、「北の町では元警察官が射殺された」とか、「西の町の田中巡査部長は逮捕された」とか聞こえてきて、警察官に対する風当たりが強くなったのに、私共は怯えた。ただ一人、近所の優しいオモニは、後々まで日本人に親切にしてくれた。

九月になって、咸興市街の中央に「咸興日本人世話会」が発足した。

日本人男子は全員拘束

下旬に次のような保安隊命令が出た。「日本人の十八歳以上の男性は全員、北の市民グランドに集合せよ。違反者は検挙する」父も参加したが、咸興中の壮年男子は鉄条網に囲まれたグランドに抑留されたままで、家族は心配するだけであった。暗くなって、解放された父が帰宅した。父の話では、「家宅捜査で、ソ連兵の兵営の方向に敷かれている水道管に、日本人が毒物を入れたという疑いで、今日一日日本人を拘束した」という説明があったそうだ。父は言葉を添えて、「関東大震災のときに、朝鮮人が井戸に毒を入れたという流言蜚語に、日本人が在日朝鮮人を虐殺したことへの仕返しと思う。日本人への嫌がらせで、一日中グランドの草原に座っていた。それにしても、昼ごろを過ぎるとグランドの外側に朝鮮人の物売りが来て、朝鮮飴や餅を売った。我慢すれば良いのに、我先に日本人が買い求めて食っていた。情けない日本人の姿だった。戦争に負けたとはいえ、日本人の誇りで行動して欲しかった」と嘆いていた。

我が家では、窓下の小屋で三羽の鶏を飼っていた。ある夜、一羽盗られた。同一人物が再度鶏泥棒で来たとき、父に説得されて帰って行った。その人は日本人難民で、お金も食べる物も無い気の毒な人だった。私たち咸興在住者と北からの日本人難民との困窮の差が、このころから段々ひどくなってきたが、どうすることもできなかった。私共も収入がないので、家財で金になる物は次々に売った。以前から懇意にしていた金さんに頼んで、ミシンを初め諸道具を売りさばいて頂き、大変助かった。朝鮮人が日本人家庭に出入りしていると、密告される危険があるので、暗くなって裏口から出入りして、いつもこそこそと帰って行った。後ろ姿に、私の家族は手を合わせて感謝した。

ロ助の浸入、被害は時計二個

九月初め。炊事場から窓ガラス越しに前の道を見ていたら、ソ連兵が数人一列になって我が家の玄関に向かって来た。私は「ロスケが来た」と言って、裏木戸から裏の家に逃げた。我が家の方を覗いたら、七、八人のロスケがうろうろ動き回る姿が見えた。十分後静かになって、裏から帰宅して父に聞いたら「靴履きのまま座敷に上がり込んで、手真似で『時計をくれ』と言ってあちらこちらを探すので、引き出しに入れておいた腕時計を一人に渡したら、他の奴も『ダワイ』『ダワイ』と言うので、懐中時計をやった。すると次の奴もほしがるので、手真似でこれを持って行けと言って柱時計を指差すと、手を振って『いらない』と言って帰った。帰りがけに一人のソ連兵が、小さい甥の頭を撫でて出て行った。鬼のようなソ連兵も、子供はかわいいんだよ」と話した。被害は時計が二個と聞いて、私はホッとした。

内地への帰国は未定のうわさ

家族が皆顔を合わせると、内地に帰る話になった。しかしいつ引き揚げるのか、さっぱり分からない。「お金持ちの人が船を頼み、闇船で逃げたそうだ」とか、「南朝鮮に行き着く前にソ連兵に見付かって、島に下ろされたそうだ」とか、怖い不安なうわさ話になった。我が家の前の山田さん一家も、いつの間にかいなくなったと思ったら、途中見つかって帰されて来た。こっそり家を出る前に、すっかり家財を売り払っているから、帰っても何もないので困っていた。

父との最後の別れ

終戦から二か月も経つと、ソ連兵の盗賊行為がいくらか取り締まられて、町の中も少し落ち着いてきた。十月三十日、秋晴れの気持ちの良い朝だった。朝食の準備ができるまでと、私は一歳の甥を背負って屋外に出て近所を回った。公会堂に通じる広い道を歩いていたら、公会堂の前の市場近くに、保安隊が数人家を探す様子でうろうろしていた。「もしや!」と、私は悪い予感がして、今来た道を走ってすぐに引き返し、家に帰った。心配したことが的中した。家の玄関に急いで入ると、一人の保安隊員が立っていた。警察官だった父を連れに来たのだった。父は着替えをして、あれこれと自分で大きな白いリュックサックに荷物を詰め、母もいろいろと手伝っていた。朝鮮人の保安隊員が、

「寒いからたくさん着て行きなさい」と言った。

父は

「もしかしたら、警察官は邪魔になるから早く内地に帰されるのかもしれないから、自分の物は全部持って行く」

と言って着物まで入れていた。私は

「向こうに連れて行かれても、お金がいることがあるだろう。だがそのままでは没収されてしまう」

ととっさに思って、父の眼鏡ケースの裏側を剥ぎ、折りたたんだお金を入れ、糊付けをした。も

う一つは、古い紙にお金を包んで折りたたみ、糸巻きにして、リュックサックに入れた。父が出掛ける前に、私は
「お金は眼鏡ケースと糸巻き・・・・・」

と小声で伝えた。父は国民服に着替え戦闘帽をかぶって、保安隊員の後について家を出た。

「なんだかこのまま会えなくなるのではないか」

と不安になり、私はまた甥を背負って父の後を追って行った。「どこに連れて行くのか、行く先が知りたい」と思った。父は公会堂に通じている広い道を横切り、西本願寺の方向へ行った。途中何度も父は振り返って、

「帰れ」「帰れ」

と合図をしたが、私はどうしても帰る気になれず、大通りを横切り武徳殿の所まで行った。それでも私は帰る気になれず、いつまでも後を追い続けた。父は何回言っても私がついて来るので、立ち止まって、

「帰れ、帰れ」

と大声で私を叱りつけた。私も仕方なく立ち止まり、父の姿が見えなくなるまで見送った。これが、父の姿を見た最後であった。あのときの父の後ろ姿が、この世での父の姿の見納めになろうとは、思いもしなかった。今でもはっきりとその情景が目に浮かんでくる。

数日後、

「咸興の刑務所に入れられた」

と聞いたので、母と姉たちが面会に行った。しかし、刑務所の前には大型トラックが数台並んでいて、保安隊員の監視の下で、父たちは粛々と乗せられ、そうして北の方のどこかに送られた。その後の父の消息は、何も分からなくなった。

その日から、女、子供だけの寂しくも心細い生活が始まった。北朝鮮の秋は短く、日々寒さに向かっていくので、厳寒の冬にいつ「内地に引き揚げ」の知らせがきても慌てないようにと、モンペを作ったり、綿入れの手袋を作ったり、暖かい靴下を用意したりして、いつ「引き揚げ」と言ってきてもすぐに応じられるように、各自のリュックサックに詰めて準備をした。父の行方を心配しな

がら、母を中心に家族皆で手仕事を黙々と続ける毎日だった。

山田さん、地獄の「冨坪（ふうひょう）」行き

そんなある日のこと、近所の「元警察官」だった若い山田さんが、「今度、ここから八里南の元の陸軍の演習場、冨坪に行くことになりました」と、裏木戸から密かにあいさつに来られた。久しぶりにお会いした山田さんは、病気あがりか顔色が悪く、痩せた体でやっと歩いて来られた様子、着ている衣類も綻びていた。あまりの哀れさに座敷に上げて、下着から洋服、靴下までそっくり着替えさせて、「冨坪の仮の兵舎は、寒さが厳しいと聞いています。食べ物をしっかり摂って下さい。お元気でね」と、皆で見送った。病気あがりの山田さんが、「生き地獄」と言われ、「収容された避難民の多くが死んでいる」とも言われた冨坪で、無事にこの冬を越されますように祈ったが、その後どうなったか消息は今も全く分からない。

山田さんを見送って五日目から、我が家に異変が起こり始めた。まず、母が寝込んだ。続いて、姉も高熱を出して寝込んでしまった。「しまった！」と思ったが、後の祭りだった。山田さんの病気は、虱が媒介する発疹チフスだった。母も姉も高熱で、胸部に特有の発疹のぶつぶつが見られた。二人とも一カ月で峠を越し、何とか起きられるようになったことは幸いであった。この間私と妹は元気で、二人の看病をしながら、買い物や台所の仕事をした。昭和二十一年になり、一月六日が妹の誕生日なので、朝鮮餅を買って食べさせて、皆で妹を祝ってあげた。妹も異常事態の中での誕生祝いに、感動して泣いた。

悲しき妹の埋葬

その翌日から妹は

「姉ちゃん！　どうも私風邪をひいたようよ」

と言って床についた。発病三人目の妹は、自分で早く良くなりたい一心から、熱冷ましのアスピリンを飲んだ。このために、発疹が外に出ないで、内にこもり頭にのぼって、うわ言を言いながら死んでいった。身内の突然の死に初めて出合った私は、大変なショックだった。大分元気になってい

た母と姉から
「キワちゃんの亡骸の世話は二人でします。イサ子に感染してはいけないから」

と言われて、私は涙を堪えて外回りの仕事になった。日本人世話会に行ってお棺を頼んだり、お経を上げて頂くお坊さんを頼んだりした。

翌日、お棺を積んだ荷車を曳いた、一人の日本人世話会の人が来てくれた。病み上がりの母と姉が、弱い力でやっと妹を棺に納め、妹が
「これ日本に私が着て帰るの」

と大事に仕舞っていた洋服を、全部入れてあげた。母が
「ごめんね、キワちゃん！　さようなら！」

と言って手を合わせたので、皆一斉に「わあっ」と声を上げて泣いた。妹のお棺を積んだ荷車には、私が一人ついて行くことになっていたが、父の友人の野村の小父さんが、

「女一人では心細かろうよ」

と一緒についていてくれた。妹を乗せた荷車は、途中の西本願寺の庭に山のように詰まれてあった菰包みの死体五、六体を一緒に乗せて、連隊の裏山の埋葬地へ運んだ。人間の背丈ほど深く長い穴が掘られていた。その中に、菰包みの死体が底の方に並べて置かれ、石垣のように積み重ねられてあった。土は形式的にぱらぱらとかけるだけ。妹もその中に埋められた。妹をお棺に納められたことが、わずかな慰めであった。後ろ髪を引かれる思いで、一人妹を置いて帰るのが悲しく寂しく、「いつまでもそばにいてやりたい」気持ちで泣いた。

小父さんの
「もうしっかり拝んだ。帰ろう」

の声に気がついて、小父さんの後について一目散に山を下った。元日本軍連隊の兵舎はソ連軍に接収され、銃を構えたソ連兵が立っていた。見るのも怖ろしいので、黙って前だけを睨んで通り過ぎた。

昭和二十一年二月一日妹死す。活発で明るく、だれからも好かれ、友達も多かった妹は、もうこの世にいない。十五歳だった。

三月になると、北からの避難民が続々と咸興の

街に入って来たので、我が家も二、三家族の難民を引き受けて、雑居することになった。難民の人たちは、生きていくために毎日仕事を見付けて働き、わずかの賃金をもらっていた。しばらくすると難民は集められ、他の収容所に連れて行かれた。

父の亡霊が家族を護る

我が家は家族六人だけに戻った。そうしたある日のこと、野村の小母さんが訪ねて来て、言いにくそうにしながら、

「実は、ある人から聞いた話だけどね。お宅のご主人が亡くなったらしい。一緒に抑留された人が脱出して、伝えたのよ」と話した。

「まさか父が死んだなんて信じられない。嘘だよ」

と思いながらも、急に涙が流れて大声を上げて泣いてしまった。母も姉も一緒になってしばらく泣いていた。そのうち

「嘘だ、嘘だ」と自分に言い聞かせ、

「死んだ姿も見ていないのに信じられない。いつかきっと帰って来る」と心に止めて、

「どうか元気で帰って来て下さい」と祈った。

平和な今の世の中では考えられないことだが、その後私も発疹チフスに罹り、生死の境を彷徨った。最初、四十度の高熱が続いた。高熱で脳症を起こし、何日間か夢の中を彷徨った。真っ暗な闇の中を潜り、遠くの明るい世界を見付けて行くのだが、また闇にぶつかり、抜け出そうともがいて苦しんだことを覚えている。この苦しみの中で、私が寝ている布団の足元に、大島の着物を着てあぐらをかいて、ずっと座り込んで私を見守っている父がいた。私は無意識で、

「父ちゃんが帰っている。ほらそこに」

と、うわ言を発した。母も姉も、だれもいないのに、気味が悪いと思ったようだった。でも、私には本当に父が見えたのだ。きっと

「私が元気になって、女、子供ばかり残っている家族の世話をして、無事内地に帰ってほしい」と思って私を守ってくれたのだと思う。お陰で私は元気になって、引き揚げて帰ることができた。

後日談だが、引き揚げて一か月ほどして、

「延吉(えんきち)の収容所で一緒に過ごした」

と言う別府の人が、父の遺髪と私がお金を入れてあげた眼鏡ケースを、持って帰って下さった。大分県人同士で、助け合っていたとのことだった。最期を看取って下さったその人は
「収容所で病気になったときは、いつも大島の着物を着ていた」

と話してくれた。

母と姉の必死の看病で、私もやっと病気の峠を越えて、日々回復へ向かった。

一方、いつでもすぐに出発ができるように、各自のリュックサックに衣類や米を入れて準備をした。我が家に最後まで居住したいと思ったが、四月に接収されてしまい、長屋の一軒に移り住んだ。この家の家族は、闇舟でこっそり南下していて、空き家になっていたのだった。終戦から半年の売り食い生活ですっからかんになって、布団とリュックサックに簡単な炊事用具の最低の生活であった。


咸興よさらば！


昭和二十一年五月十五日。待ちに待った引き揚げの知らせが届いた。皆が持てるだけの物をリュックサックに詰め、午前八時に咸興駅に集合した。駅前の広場には、二千人ぐらいの引き揚げ日本人が集まっていた。朝鮮人の保安隊員が、「刃物類は全部前に出せ」と言った。皆は小さな鋏や小刀まで出してしまった。しばらく広場で待たされ、皆整列してホームへ連れて行かれ、貨車に乗せられた。奥の方から詰め込まれ、自分の荷物の上に腰掛けた。一度座ったら足も動かせない窮屈さ、それでも「この汽車が動けば、三十八度線を越えて日本に帰れるのだ」と思うと、苦しい中にも希望があって、皆じっと我慢していた。列車はゆっくり動き始めた。

貨車の中なので、外の景色などは見えない。皆それぞれの方向に向いて、ただ無事に帰れますように、と祈っていた。

時間が経ってくると、生きている人間の集団が詰め込まれているがゆえに、生理的現象の出てくるのは無理もない。トイレは無い。隅の方でと思っても動けない。小さい子供は垂れ流しでも良い

が、大人で我慢できない人は、持っている空き缶にその場で済ませ、高い所にある一箇所だけの灯り取り窓から外に捨てていた。汽車の揺れで、その近くにいる者が汚物のしぶきの被害を受けて怒っていた。

村山先生の家族を頼りに

同じ貨車の中に、わずか三カ月余り勤めた前津小学校で、お世話になった村山先生家族と偶然一緒になった。先生夫妻と女の子供さん、それにお母さんを連れての四人家族。我が家は、母と姉に妹の子供と私たちの六人家族で、男の大人は村山先生一人だったので、常に先生家族と一緒に行動した。無事に帰れるだろうか？　不安な皆を乗せて貨車は一路南下し、五時間後に停車した。元山駅だった。

「用便だ」だれかの声で、一同貨車から飛び降りて線路の側で済ませていた。私も飛び降りたが、白昼皆の見ている場所では羞恥心が邪魔してできない。夢中で停車している貨車の下を潜って、線路を越えて団体と離れた暗闇で用を済ませた。長時間の生理的現象の我慢がやっと解決してほっとしたとき、

「ガタッゴタッ」と、

自分の貨車がゆっくり動き出していた。慌てた私は、夢中で線路に沿って走った。貨車に追いついて、がむしゃらに貨車のデッキの鉄棒にぶら下がった。幸い、デッキの扉のそばに立っていた青年が、半身を乗り出して片手を伸ばし、私の身体を引き上げた。

この一瞬の出来事は、亡き父や妹の守りのお陰で、「あのまま元山に私一人残されたら」と思い出す度に恐怖が走った。

京元線を一路南下

貨車はゴトゴトと南下を続けていた。

「どこまで行けるだろうか？」

という不安と焦りを感じながらも、皆黙って揺られていた。ときどき、あちらこちらから、

「今、どこを走っているか？」「釈王寺？」

「いや、三防峡は過ぎたはずだ？」

とささやく声が聞こえていた。もう、時間的に

は三十八度線に近くなっているはずだが?」と貨車の奥で聞こえたとき、貨車が異様な軋みを上げて急停車した。

「ここはどこ?」

とざわめいたら、朝鮮保安隊員の声が聞こえた。日本語と朝鮮語の応酬である。突然、

「皆降りろ! 降りろ!」

と貨車の戸が開かれた。進行方向に向かって右側の方に、皆飛び降り始めた。まず、荷物を下ろして入り口の人から飛び降り、次々と続いた。貨車の周辺は、日本人難民でいっぱいになっている。このとき、ソ連兵が数人近寄って来て、分からないが何か大声でわめきだした。遂には銃の尻でたたきながら、

「乗れ! 乗れ!」と言う。みんなは大きな荷物を抱えて貨車に乗った。やっとここまで来たのに、ソ連兵は、

「元いた所に帰れ」

と言っているらしい。貨車は後戻りを始めた。

「何もかも売り払い、やっと引き揚げ列車に乗り、内地に帰れると思ってここまで来たのに・・と思うと悔しい。

「元の咸興には帰ることはできない」と、誰もが思っていた。

団体の代表と保安隊員が内密に語り合って、

「今度はソ連兵のいない駅と駅の中間で停車させる」

と決まった。貨車はゆっくり後戻りを始めてガタンと停車した。一番元気な私は、すぐに飛び降りられるように、荷物を持って入り口に立っていた。我が家族五人が、私の後に並んでいる。貨車が止まった瞬間、私は少しでも早くと、大きな自分のリュックサックを投げ下ろし、前の人に続いて飛び降りた。家族も続いたと思ったが、放り投げた大きな荷物に妨げられて、家族四人は飛び降りるチャンスを失っていた。

脱出列車の悲劇

私の後に続いて、四歳の泰男君は大人の手を振り払って、勇気を出して貨車から飛び降りた。しかし、母親に心配を掛けまいとする泰男君の行動

は不運であった。飛び降りたが、足を線路に引っ掛けて倒れた。突然の転倒で、まだ立ち上がれていない。そのとき、「ガタッ」と汽車が動き出し、後戻りを始めた。泰男君の足は、まだレールの上にある。軋む車輪に轢かれて足首から下を切断され、足首がブラブラしていた。それでも気が付かないで、とことこと二、三歩歩いたが、

「痛いよ！　痛いよ！」

と泣き叫んで通路に転がった。血がどんどん流れていた。少し前に貨車から飛び降りていた母親と保安隊員が、きびきびと治療にあたった。荷物の中から毛布を取り出し、それに泰男君を包んで母親に抱かせた。放心していた母親は、「ほっ」として我に返って、我が子をしっかり抱いた。しかし、毛布は見る見るうちに真っ赤に染まっていた。抱っこして皆の後ろについて歩いていたが、三十分もしないうちに泰男君は真っ青になって死んでしまった。

母親が田圃の隅の柔らかな土を両手で掘り、顔だけ出して埋めていた。そして、また皆の後ろについて歩いて来た。私は寄り添いながら、涙を堪えて黙々と歩く母親の手を強く握ってあげるだけだった。

取り残された三人の不安と嘆き

私が降りてから、貨車はすぐに動き出してそのまま元の方向に走り出した。私の家族はだれも降りていない。大声で家族を呼んだが、貨車はどんどん去って行った。

「今から一人でどうしよう！」

と思いながら周りを見ると、今まで行動を共にしてきた村山先生の奥さんがポツンと一人で立っていた。奥さんも一人先に貨車から飛び降りていて、家族と離れ離れになったのだ。私と同じことに気がついた。いつまでも線路上に女性が三人立っていることは危険である。ソ連兵の餌食になることがはっきりしている。

「早く山の方に行きましょう」

と二人を誘った。村山さんはリュックサックの荷物が下ろせなかったので、巻いた茣蓙一枚だけを持っていた。

「私には、お米も少々のお金もありますから、何とかなりますよ。ここにいては危険」と三人で山の方に急いだ。幸いソ連兵に見つかることもなく、私たちは山に入り山道を南下した。

　三人とも家族のことが気になり、後ろを振り返りながら歩いた。しばらく歩いたころ、後ろの方から一人の男の人が、私たちに追いついた。私は、

「次に停車した所で下車したのですか？」

　と尋ねると、

「そうです。ほとんどの人が貨車から降りて、皆さんの後から追いついて来ますよ」

　と言われて、私たちはホッとして喜び合った。離れ離れになった家族が、後ろから追い付いてくれますように願いながら、振り返り振り返りゆっくり歩いた。

家族との再会

　三時間ほど経って、山の中で待ちに待った家族と再会した。村山先生は年老いたお母さんをおんぶして、荷物を持った幼い子供さんの手を引いていた。私の家族も、みんな元気で無事だった。


　夜が近付いてきたが、日本人難民が朝鮮人部落に入ることは拒否された。伝染病持ちの集団を断るのは当然で、近所の草原で一夜野宿することになった。北朝鮮の五月は梅雨期はまだ遅く、これは日本人難民には幸いで、各自がそれぞれに持ち物を地べたに敷いて、夜空の下で眠る一夜になった。しかし、寒さは身にしみた。近くの部落の朝鮮人は、私たちのごろ寝が珍しいのか、周囲をうろうろと歩き回っていた。私はなんだか落ち着かずに眠れなかったが、そのうちに昼の疲れが出て、少しは眠ったようだった。

　翌朝は、早めに木の枝を拾い、にわか作りの竈に飯盒をかけて、皆で分け合って急いで食べた。朝食を済ませての出発である。いつの間にか壮年の方が団体のリーダーになった。集団がなるべく目立たないように、山道を選んで南下した。それでも、時々はどうしても朝鮮部落の中を通らなければならなかった。部落によって村人の態度に大きな違いがあって、冷たくされたり暖かくされたり、敗戦国民の惨めさを痛感させられた。ひどい

所では、日本人難民が疲れ切ってぞろぞろと歩く道路の両側に、朝鮮人がずらりと並んで、一人一人の荷物を引っ張り出し、めぼしい物を強奪した。主として衣類が狙われた。朝鮮の子供たちは、日本人難民の子供が持っていた学用品を取り上げていた。どんなことをされても、悪口を言われても、ただただ黙って歩いて朝鮮部落を通り抜けようと、歯をくいしばって前の人に続いて黙々と歩いた。

自ら捨てた婦人の命

ある村を通りかかった時のことである。村長らしき人が、

「この奥の山中に、日本人の女が一人置き去りにされている。死んでいたら、自分たちで世話をして埋めてあげるのだが、まだ生きているので、ここから連れ出してほしい」

と申し出た。難民の中の数人の若者が、村長の手助けを受けて、応急の担架を作り、病人を乗せて歩き出した。病人は四十歳代の女性で、既に衰弱しきって痩せ細っていた。

「ここまでの脱出行の日々は、子供たちが交替で連れて来てくれたが、歩けなくなって、これ以上子供たちに負担をかけると共倒れになると考えて、自分から山の中に残りました」

と、か細い声で語った。

若者の運ぶ担架は、後になり先に立ったりして進んでいたが、いつの間にか見えなくなっていた。とうとう堤防の横で亡くなられたそうた。

「自分の身だけでも大変なだけに、仕方がないよ！」と、皆で若者を慰めた。

南へ南への行軍は続いた。ある日には、夕方朝鮮部落に入ると、

「大変だったでしょう、泊まって行きなさい」

と親切に声をかけられて、暖かいオンドル部屋に泊めて頂いた。翌朝、お礼を言って出発しようとしたら、母の新しい地下足袋が無くなっていた。戦争中には地下足袋は配給品で、この田舎の村人には貴重品だったと思う。泊めてもらったお礼だと諦めたが、母の履物でしたから困っていたら、村山先生が余分に持っていた草履を貸して下

さり、大変助かった。それからも、昼間はソ連兵に見付からないように山に潜み、夜になると歩いた。山も野原も甘い香りのアカシヤの花が、避難民の現状をボーッと忘れさせてくれた。

姉の子で一歳になる靖人は、姉の背中に負われたままなので、「おんりねんね。おんりね」と下におろせと泣いて、姉を困らせた。一年生の弟芳朗も、ランドセルの代わりに大きなリュックサックを背負い、母に手を引かれて歩き、四年生の妹イツ子は、大人に混じってたくましく歩き続けていた。

国境三十八度線に到着

それから数日後のある日、

「今夜は三十八度線を夜中に突破するぞ！」

との連絡があった。皆腹ごしらえをして時を待った。

「静かに！　声を出すな。ただ前の人の後ろについて歩け！」

厳しい連絡に、皆緊張して歩いた。途中、河に出合って一本橋がかかっていた。暗くて下が見えないことが幸いだったが、私の前を歩いていた弟が足を踏み外したのか、「あっ！　あっ！」と声をあげた。後ろの方から、

「声を出すな」と叱る声が広がる。弟もそばの母の手にすがる。恐ろしく緊張した歩行である。ただただ闇の中を、前の人に続いて歩くだけ。黙って歩けばよかった。

先頭が、道路の中間に鉄道枕木で通行止めの障害物に突き当たった。

国境での最後の身体検査

これが三十八度線の標識と分かった。近くにソ連兵の歩哨詰め所があるらしい。四人のソ連兵が出て来た。懐中電灯を持たないらしく、マッチの灯りで近づいて、我々難民を見て回る。皆二列に並び、前の方から一人ずつ荷物の検査と身体検査を受ける。ソ連兵は、欲しい物品を暗い中でも見付け出して後ろに投げる、靴を脱がせての入念な検査である。現金は、見付け次第取り上げられた。幸い我が家では、分散してリュックサックに縫いこんでいたから、被害はなかった。またリュック

サックの中のめぼしい物は、ここまでに何回も検査を受けてほとんど没収されていたので、何も被害はなく終わった。

前の方で泣き叫ぶ女性の声が聞こえてきた。「お金を胴巻きに入れていたのを見つかって、そっくり没収されたらしい」「返せ!」「返さん!」とひと騒ぎになって、結局はたたかれ損になってしまった。遠くで、

「赤ちゃんのオムツの中に入れよ!」との声が聞こえてきた。

検査が一応終わると、

「行け」と言うロスケの一声で、国境三十八度線を越えた。皆軽くなった荷物を抱えると、後も見ずにどんどん走ってこの場から立ち去った。もう大丈夫という安心感で、皆の顔は緊張を緩め、やっと明るくなった。一団が到着して腰を下ろした所は南朝鮮の汶山で、五月二十五日であった。

三十八度線の痛哭

十九回生　水島　寿美子

旅団司令部の軍属

昭和十九年十二月八日、大詔奉戴日の朝、咸興には雪が積もっていた。この日から私たち咸興高女四年生の半分以上の五十余名が、学徒動員で歩兵第三十七旅団司令部に通い始めた。それまでは学校内で勤労奉仕をし、授業も続けられていたが、もう学校には行かず、授業は先生が時々やってきて、司令部内で受けるということになった。

司令部では女子通信員としての教育、訓練を受け、卒業したらそのまま軍属として勤務することになる。軍隊式の厳しい生活だったが、箸が転んでもおかしいという年頃の茶目っけたっぷりの女学生の集団だったので、司令部布施少将の部屋だろうと、大枝大尉の講義中であろうと、笑い声が絶えない。戦局は日増しに厳しさを増し緊迫した空気の中にも、司令部の中は何となく華やいだ賑やかな雰囲気に溢れていた。三十七旅団の隣の七十四部隊の兵隊さんたちも、私たちの姿を見か

けると、垣根の向こう側から声をかけてくる。

やがて二十年の新年を迎え、そして三月、卒業式を迎えて学校に行った。三か月ぶりに見る母校の姿にただ懐しさがこみ上げてきた。卒業証書をもらうと、翌日からは、一人前の軍属として、歩兵三十七旅団咸興地区司令部情報室に勤務するようになった。

冬休みも春休みも卒業の喜びもなく、進学、就職の迷いもなく、親には反対されたが、それを押し切って、お国の為に働く満足感で、毎日張り切って司令部に通った。司令部に勤務したのは、学徒動員で一緒に行っていた五十余人のほとんどが残っていた。一斑十二、三人編成で、四班に分かれて、日勤、夜勤、非番、訓練と交代で勤務についた。四日に一回は夜勤があり、司令部に泊まってたが、兵隊さんと同じように毛布の寝袋で寝た。夜勤の時は、一斑をさらに四組に分けて、夜間勤務をすることになっていた。

情報室にはボックスで仕切られた電話がずらりと並んでいた。それは各部隊、連浦飛行隊、警察署、消防署などへの直通電話だった。西部軍管区司令部との直通電話で電話室が受け取った情報を整理して手渡され、ボックスの前に座っている私たちが、それぞれ各部署に連絡するのだった。しかし、訓練ばかりで、実際の仕事はほとんどなかった。西部軍管区からの連絡で、

「四国の足摺岬南西何キロ上空にB29を発見」

などという情報を受けても、外国の出来事のような感じだった。しかしソ連参戦の前後から情報室には緊迫した空気が流れ、戦争を実感として受け止めるようになった。

重大放送

季節は移り変わり暑い夏になった。八月に入ったとたんに司令部内にも何となく異常な空気が感じられるようになった。私たちには知らせないが、もうこの頃には司令官あたりは、戦争が終末に近づいていたのを知っていたのではないだろうか。

ほどなくしてソ連の参戦、北鮮への攻撃が始まったという情報が入った。また内地では途方もない大型爆弾が落とされたというニュースも入っ

た。日毎に慌しさを増し、緊迫した空気の中で十四日を迎えた。「明日正午、重大放送があるから、ラジオの前に集まるように」といわれて帰宅した。翌八月十五日、正午前に私たちは情報室のラジオの前に整列した。天皇陛下のお声だという放送が始まった。だが、ラジオの感度が悪く、ピーピーガーガーという雑音に混じって聞こえるお声は、何をいっているのか全然聞きとれないが、何か大変なことが起こったのだと覚った。

やがて将校の説明で

「日本は戦争に敗けて降伏したのだ」

とわかった。皆は声を上げて泣き出した。友だち同士抱き合って泣いた。涙は止めどもなく流れた。私たちは何をしてきたのだろう。何の為にがんばってきたのだろう。そう思うと空しい思いにかられた。足もとの地面ががらがらと崩れていくような思いがした。

どれくらい泣き続けたかわからないが、班長さんの声で我れに返った。班長は

「今日はこのまま家に帰り、明日はまた普通に出てくるように」といった。

家では母たちも隣の菅原たちとラジオを聞いたらしく、不安そうに語り合っていた。夕方、父が帰ってきて、表面はふだんと変わりなく夕食がすんだ。夜になって電灯をつけるとき、もうこれは要らないんだと、灯火管制用の黒いカバーをはずした。その時、ちょっぴり戦争が終わったのだという実感を味わった。

明日からの運命はわからない。戦争に敗けたということが何を意味し、そして何が起こるのか見当もつかなかった。やっと松葉杖がとれた弟が負った、あの大怪我は何の為だったのだろうと思う。咸興中学二年生だった弟は学徒動員で工場に行き、トロッコに足をはさまれ、肉をちぎり取られた。そして太腿の肉をとって足の裏にはりつけるという大手術を受けた。

「痛いよう、痛いよう」

と幾晩も泣き続け、それでも一生懸命我慢していた。あれも空しいことだったのか。

何も知らない、幼い子供たちまでもかりたてた、

あの戦争は一体何だったのだろう。悪夢のような時期は終わったのだと思う。

十六日からの司令部の仕事は書類の整理、焼却や倉庫の整理の手伝いだった。武装解除を前に、武器その他の台数合わせの仕事もあった。ソ連軍がやってくる前に、きちんとしておかなくてはならないらしい。みんなが跡始末に懸命になっている時に、いち早く飛行機で日本に逃げ帰った偉い人もいたという話を聞いた。

二十日ごろ、班長さんから給料五百円を渡され、「明日からはもう来てはいけない」と言い渡された。そして

「絶対に外出しないように」と注意された。

私たちはこれからどうなるか見当もつかなかった。とりあえず友だち同士、本籍地だけを教えて、あわただしく別れた。それから毎日、家に閉じこもり、恐いし話ばかり聞かされ、不安な毎日を送ることになった。

新聞はなく、ラジオもだんだん朝鮮語が多くなり、やがてラジオも電話と一緒に日本人は持つことを禁止され没収されてしまった。そして目も耳もない不安な状況に陥ってしまった。

十六日か十七日ころ、

「個人の生命、財産は保証する」

という日本政府の放送があったが、母はそれを信じて疑わなかった。弟が、

「友たちの家では銀行に行って並び、預金を引き出しているよ。早く行かないと、お金は出せなくなるらしい」と言っても、

「子供がそんな心配をしなくてもいい」といって相手にしない。

(結局、預金など、父母の三十余年の汗の結晶は何一つ守ってもらえなかった(引き揚げてきてから、政府は十年年賦の国債一枚で全てを片付けてしまったが、年を取ってから、すべてを失ってしまっていた父母には辛い日々だったに違いない)。

ソ連兵の略奪暴行

無政府状態になった咸興に、ソ連軍が入ってきて、暴行、略奪をほしいままにして日本人を蹂躙し始めた。朝鮮人がそれに便乗して悪事を働いた。

古い使用人で信用していた新さんまでが
「家財道具、着物類を売ってあげます」
とトラックで二回来て、家の中の目ぼしいものを運び去ってしまった。母は馬鹿正直に、しばらくは新さんがお金を持ってくると信じて待っていたが、新さんは二度と再び姿を現わさなかった。

やがて、ソ連軍、朝鮮人民委員会の手で、日本人家屋の接収が始まった。当時、私たちは咸興府中央町二丁目に住んでいた。松月旅館の傍で道庁も近い所にあった。

近くの明宝劇場にはよく映画を見にいったものだった。私たちの家は道路から少し奥まった所にあったので、幸い接収を免れることができた。

しかし、隣の菅原さん、その隣の永井さん宅はソ連軍に接収された。二家族が私の家に移ってきたので、我が家は急に賑やかになった。私たち家族は六畳と四畳半の二部屋だけを使うことになり窮屈になった。やがて、その上に清津方面から避難してきた人たちが十数人割り当てられた。一軒の家は三十数人の人でふくれ上がり、さらに窮屈になったが、人間がふえて心強くもあった。ソ連兵には襲われやすいということで、男の人たちが総がりで、門の外側にもう一つ頑丈なトタンの門をつくり、ソ連兵が襲ってきたらトタン音ですぐわかるように防備を固めた。そして夜になると、戦時中のように、空襲のときの黒いカーテンをひいて灯が外に洩れぬようにしてひっそり静かに過ごした。

「露助が来た」という声がしたら、私たち女性は床下にすぐ隠れるように手はずを決めていた。ソ連兵は何度か襲ってきたが、そのたびに床下にもぐり込んだ。ソ連兵が引き揚げるまで、暗い床下に、じっと息を殺し身を固くして隠れていると、心臓が割れるほど脈打ち、生きた心地はしなかった。

ソ連兵に最初に襲われたのは、ソ連軍が咸興に入った直後で避難民の人たちも、隣の菅原さんたちもまだ移ってきていないころだった。、玄関に自動小銃を肩にした二人のソ連兵が現われ、「シゲー、シゲー」といって、父の時計を奪っていった。私は奥の部屋の押入れの中に息を殺して隠れていた。ソ連兵が玄関まで入ってきたのは、このとき一回きりだった。

父の逮捕

夜九時以降外出禁止となっていた戒厳令下の夜の街中では、何が起こっているのかわからないが、時々銃声が響いた。そんなある日、五、六人の保安隊員が突然、どかどかと玄関に入ってきた。そして、

「水島隆一はいるか」

と威丈高にどなった。父が出ていくと、隊長らしい男が

「一緒に来るように」

と命令し、保安隊員たちは着替えをして玄関口に立った父を取り囲むようにして連行していった。

何の理由も説明されなかったので、事情のわからぬ母と私たちは、ぼんやりと、父と保安隊員の後ろ姿を見送っていた。母の顔色は真っ青だった。私たちはどうしてよいやらわからず泣き出してしまった。知事、府尹、警察署長ら咸興府内の要職にあった人々が捕えられて拷問を受けているという噂はきいていたが、まさか民間人の父が捕えられるとは夢にも思っていなかった。

連行された理由がわからないので、手の打ちようがない。一晩眠れぬ夜を過ごした母は、朝になるのを待ちかねて、柴崎専務宅にかけつけた。ところが柴崎専務も連行されていた。結局、社長、専務と、常務だった父の三人が連行されたらしい。

父は三十余年、朝鮮総督府電気技師として朝鮮鉄道に勤務していた。二十七歳で清津の電気区長となり、清津を振り出しに元山、京城、釜山、城津と転勤し、大田を最後に朝鮮鉄道を退職し、十九年一月に咸興にきて、北鮮電気工事株式会社の常務取締役に就任した。母はよく、

「咸興には終戦にあい苦労するために行ったようなものだった」と述懐していた。

母と柴崎の小母さんは、お互いの家を行ったり来たりして、おろおろするばかりだった。

連行されて三日目の朝、私たちが朝食を終えた

ころ、父がふらっと帰ってきた。それは、

「これが父だろうか」

と見まごうほどのひどいやつれようだった。頭は一度に白髪がふえ、頬はげっそりと落ち、目はくぼんでいた。

父の話によると、心臓の凍る思いの三日間だったらしい。留置所に入れられた父の房の近くの房で、知事たち要人が拷問を受けているらしい。ヒーヒーという人間の声とも思われない悲鳴を一晩中聞かされたという。拷問は逆さ吊りに水を飲まされたり、足の上に石やコンクリートの塊を乗せて坐らされたりするのだそうだ。

「とにかく地獄だ」と父はいった。

父たち三人は釈放されたのではなく、

「お金を持って来い」といわれて、一時帰されたのだった。父たちは会社の朝鮮人社員の
「不正な金を持っている」

という密告で逮捕されたのだった。会社で不正行為があったとして取り調べられ、三人が手分けして、指示された金額のお金を算段するために帰されたのだった。理由などは何でもよく、とにかく資金集めが目的だったのだろう。

父は家中の有り金をかき集め、それを持ってまた保安隊員に連れ去られた。私たち子供には事情はよくわからなかったが、父は百円札の束を母と一緒にそろえていた。

その翌日、やっと父は一層やつれて帰ってきた。保安隊に要求された金額を、三人でどうにか調達できたらしかった。

引き揚げ準備

留置所で痛めつけられた父も、やがて落ち着きを取り戻し、体も回復してきたころ、ソ連軍憲兵隊がやってきたとかで、それまで無秩序状態だった街の治安もいくらかよくなってきた。また日本人世話会もでき、日本人はそれなりに平静な生活を送れるようになった。

何時、内地に帰れるかわからないが、いざという時の用意に、リュックサックを作り、荷物を入れたり出したり、引き揚げの準備を始めた。お金を着物の衿に隠したり宝石を縫い込んだり、そん

な毎日が続いた。

持って帰れないものは処分しなければならない。木箱一杯の家族の写真は涙をのんで庭先で燃やした。お琴とか三味線など朝鮮人が使わないものは割ってお風呂の燃料にした。次兄の軍刀二振があったが、これは庭の土を深く掘って埋めた。次兄清一は陸軍少尉で習志野飛行隊に配属されていたが、その軍刀は休暇の折に置いていったものだった。

こうして家の中は次第に片付いていった。

戦後初の外出

咸興には八月末から咸鏡北道など北の方からの避難民が続々と流れ込んでいた。その数は九月末には二万を越えたという。咸興在住者は売り食いで何とか当座をしのぐことができたが、無一物で夏の炎天下を避難してきた人たちは悲惨な状態だった。私の家にも清津から避難してきた人たち十数人が割り当てられ同居することになった。

十月に入ると、発疹チブスがはやり出し、栄養失調もかさなって、ばたばたと日本人が死んでいった。十月も末になると、一日に何十人も死ぬようになった。そこでいちいち埋葬してもらえず、山の麓に大きな穴を掘ってそこに次々と投げ込まれてるという。その穴を掘るために、一戸から一人ずつ男性が勤労作業に出たが父や弟も何回か作業にかり出されていた。自分たちが入る墓穴を自分の手で掘る気持ちはどんなものだっただろうか――。

終戦になってから、敗戦国民のみじめさを感ずる心の余裕さえない生活が続いていた。

昭和二十年も終わりに近づいたころ、終戦から四ヵ月近く、家から一歩も外に出たことがなかった私は、ある日母について恐る恐る外出してみた。

市場に行ってみてびっくりした。その賑やかさ、人々の多いことにまず驚かされた。そして、荷台には戦時中にはお目にかかれなかったような食料品や衣類が山のように積まれていた。店はどこまでも続いているような感じで並んでおり、ごった返し、喧騒をきわめていた。戦前と違うのは、隅の方に追いやられた日本人がびくびくしており、朝鮮人が伸び伸びと生活していることだった。朝鮮人はどの顔も生き生きと輝いているようにみえた。

朝鮮で生まれ育っていながら、朝鮮の事は何も知らず何もわかっていない私たちだった。食べ物でも朝鮮人の作った物、朝鮮人の店の物は、「きたないから買ったり、食べたりしてはいけない」といわれ、そう思い込んで育ってきた。それだけに、市場に行って、オモニーから買った真白い、ふかした朝鮮のお餅というか、カステラのようなものは、とてもおいしかった。そして、朝鮮人の作った物は不潔という先入観はいわれのないものだったと知った。

その時になって初めて、朝鮮の物にふれ、言葉に耳を傾け、興味を覚えたのだった。それからは着物などを買いにくる李青年に、朝鮮の文字を教えてもらったり、朝鮮の風俗、慣習などについて話をしてもらった。

ガーリヤ

市場に初めて出かけたころ、終戦後初めて何人かの友だちと会うことができ、お互いの消息を伝えあった。みんな髪を短く切り、顔はわざと汚し、男の服を着たりしていた。そして聞かされるのは、恐しい目にあった話ばかりだった。また左隣の金さん宅の夫人が、こっそりと母を呼んで塀越しに大きな入れ物いっぱいに、リンゴを山盛りして差し入れてくれた。広い庭で餅つきをしているので、塀の隙間からのぞいてみると、塀の上から餅を手渡してくれたのも、このころのことだった。親日派の朝鮮人たちは、表だっては何もできなかった。それだけに陰の好意はただ有難かった。

接収された右隣の菅原さん宅には、ソ連軍の将校の家族が入居していた。ガーリャという可愛い女の子がいた。ちょうど下の妹と同じ六歳くらいだった。最初のうちは境の塀の下の隙間を通して遊んでいたが、やがて、表から回って遊びにくるようになった。「ミッキー、ミッキー」と妹三枝子の名を呼び、家の中に上がってきた。

トイレに行きたいというので、連れて行ったところ、いきなり後ろ向きに腰かけようとするので、あわててつかまえたが、危うく落ちるところだった。腰掛式の洋式便所とはちょっと違うと思ったらしいが、和式の前の丸い所に座ろうとしたのには驚かされた。

子供同士はすぐ仲良くなり、国の違いなど関係なく、言葉は通じなくても、キャッキャッと大声で騒ぎながら遊んでいた。

「ガーリャのママが裏庭で豚を殺している」

と妹がびっくりして飛んで帰ってきたことがある。ロシア人のマダムたちにとっては、料理用の豚を殺すことなどは、ごく普通のことなのかも知れない。あの大きな体からしてうなずける。

さようなら咸興

二十一年の五月も過ぎ、三月まで単調な毎日が続いた。零下十度以下の寒さのせいもあって、一日中、家の中に閉じこもっていた。話題は内地引き揚げのことばかりだった。その引き揚げも、三月ごろになると、次第に具体性を帯びてきた。そして、実際に、友だちの誰彼が出発したという話も伝わってきた。やがてわが家に同居していた人々も、避難民の人から順に出発していった。菅原の小母さんも大きなリュックを背負い、母と涙を流し合い、内地での再会を約して南下していった。家族七人だけになり、家の中は急に淋しくなった。

二十一年四月十日、私たちもいよいよ咸興と別れる日がきた。この日は朝早く起きた。わくわくした思いで、早く目がさめた。

父と弟のリュックが一番大きい。母と私が中ぐらい、下の弟と妹も小さなリュックにそれぞれいっぱい荷物を詰め込んで背負わされた。病床から起こされた長兄潔を父と弟が両方から支えて咸興駅に向かった。

長兄は早稲田大学に入学、東京で一人下宿暮しをしていたが、卒業間近になって病気になり入退院を繰り返していた。いつも青白い顔で勉強ばかりしている秀才だった。病気は神経衰弱、いまでいうノイローゼのようなものだった。内地の空襲が激しくなり、鎌倉の病院から咸興に帰ってきて自宅療養していた。病状ははかばかしくなく、そのころはかなり身体も衰弱していた。

たくさんの日本人が咸興駅に向かって歩いていた。いよいよ内地へ帰れるという喜びもあった。だがそれ以上に無事に三十八度線を越えられるだろうかという不安が強かった。また見知らぬ内地への期待と住みなれた我が家への名残り惜しさが交錯した。複雑な思いを胸に、駅前広場に着いた。

広場は一杯の日本人で埋まっていた。世話会の人たちが忙しく走り回り指示していた。各班に分かれて整列したが、それから長い時間待たされた。やっと列車に乗り込んだのは昼ごろだった。朝鮮人も一杯乗っている。三等車ではあったが客車だった。すし詰めの通路に立ったまま身動きもできない。乗客が乗り終ったらしく、列車は動き出した。外は見えないが、

「さようなら咸興」

と心の中で呟くと、ちょっぴり感傷的な気持ちになった。

私は京城で生まれ、小学校は釜山で入学、四年生の時に再び京城へ、六年生の時に城津に転校、城津高女に入学、二年生の時に大田に行き、三年生の三学期に咸興高女に転校した。父の転勤に従って朝鮮各地を渡り歩いたわけである。

咸興にはいよいよ戦局が厳しくなった十九年に移ってきたので、楽しい思い出は残っていない。勤労奉仕の連続で、授業らしい授業はなくなっていた。松根油掘り、稲刈りの手伝い、貯金管理所へ行って印押しばかりの作業。兵事部では召集令状の名簿書き、また学校では裁縫の時間に軍服のボタン付けと勤労奉仕に明け暮れていた。四年生の二学期からは授業はほとんど午前中の二、三時間だけになり、夏休みもなかった。咸興高女を卒業してからは、それまでの勤労動員先の旅団司令部に軍属として勤務、そして終戦後の敗戦国民としての七ヵ月の抑留生活と、楽しい思い出はなかったが、二年間住んだ土地となると、それなりの名残り惜しさがあった。

娘を渡せとソ連兵

列車は走っては停まり、停まっては走り、気ままに南に向かっていた。駅でない所でも長い時間

停まっていることもあった。そして、朝になって停まったところで、「日本人は皆降りるように」いわれた。そこは元山だった。ホームでソ連兵の荷物検査があった。リュックはひっくり返され、かき回され、ソ連兵の欲しい物は取り上げられた。

　荷物検査がすむと、貨物列車に詰め込まれた。列車は再び、停まったり走ったりを繰り返しながら、ようやく三十八度線近くの鉄原にたどり着いた。鉄原で列車は長い間停車したまま走り出す気配はない。といって降ろすわけでもなかった。やがて、「元山に戻されるらしい」という話が流れてきて、不安な長い時間を狭い貨車の中で過した。

　結局、鉄原から元山に戻れということになってしまった。父はすばやく
「みんな降りなさい」

　と、家族全員に言いつけた。私たちは朝鮮人の群にまぎれ込み、うまい具合に別の列車に乗り換えた。やがて保安隊員が日本人を探しにやってきた。しかし、幸運にも、保安隊員に見つかる前に列車が動き出した。

「梨木」という所までできた。汽車はここが終着駅だというので、ホームに降りた。ここで運悪く保安隊員にみつかった。ソ連兵も一人いて、またまた荷物検査を受けた。

　ソ連兵が私一人を置いて行けと言い出した。髪を短く切り、弟の服を着て男装していても、女だということがわかったらしい。私はもう生きた心地がしなかった。父の後に隠されてただふるえていた。母がまっ青な顔をして、

「それだけは許して下さい」

　と必死に哀願した。言葉がわからないので、手振り身振りで頼んだ。だがどうしても聞き入れてもらえなかった。母は、

「娘の代わりに自分が残るから、子供たちは助けて下さい」

　と必死の面持ちで哀訴した。ソ連兵は何となく納得した様子で母に、

「一緒に来い」

　といって歩き出した。保安隊員が、

「いまのうちに早く逃げなさい」

　と私たちに叫んだ。父は私たちをせかした。荷物をまとめて背負うと私たちはただ夢中になって走った。しばらく走って、山の麓の草むらに私たちを隠して、父は一人で引き返していった。

　途中で父は、まっ青な顔で走ってくる母と出会い、二人で私たちの所に戻ってきた。母は、

「どうしても寿美子を連れてこい」

　といわれたと息を喘がせた。

「露助がやってくるかも知れない。早く逃げましょう」

　と母はいった。私たちはまた荷物を背負うと、必至になって走った。後からソ連兵から射たれるかも知れないという恐怖感で膝ががくがくとなったが、とにかく盲滅法に走った。とにかく逃げられるだけ逃げようと、みんな必死に歯を食いしばって走った。

　父と弟は交替で病身の長兄を背負って走った。小さい妹も、山道の草をかき分けて走った。やがて少し広い道に出た。下の方に川の流れが見える。道には通行人の姿も見えた。

「助かった。」、「露助はどうやら追ってこないらしい」

　と口々に私たちは、自分たちの安全を確め合った。

　疲労の極に達して、みんなはもう声も出なかった。道端の草の上に荷物をおろし、そのままへたり込んでしまった。

初めての野宿

　しばらく休んでいたが、

「とにかく鉄道線路に沿って南に向かえば京城に着くのだから、みんな元気を出して歩こう」という父の言葉に元気づけられ、私たちは気をとり直して歩き出した。父は朝鮮人に道を尋ねながら歩いた。

　やがて夕暮れが近づいた。小さな川の畔に水車小屋が見えた。父は用心深く様子をうかがい、

「今夜はここに泊まろう」

　と荷物をおろした。私たちは手分けして、明るいうちに野宿の準備を始めた。川の水は澄んでい

た。川の水でお米を洗い、焚き木を拾い集めて飯盒で炊いた。初めての野宿の夜を迎えた。小屋といっても、屋根があるだけの吹きさらしの建物だった。砂の上にオーバーを敷いて寝た。咸興を出てたった三日目だったが、

「今日一日だけで何日分ものめまぐるしい体験をした」

と思った。もう何か月も過ぎたような気がした。疲れのためかすぐに眠ってしまった。寒さも感じなかった。

このような時でも、自然は普段と変わりはなく、小川のせせらぎと小鳥の声で目が覚めた。一瞬、キャンプにでも来ているような錯覚に陥った。だが現実に戻ってみると、また忙しく逃げまどう一日が始まるのだという不安な思いがあった。川の水で御飯を炊き、おにぎりをつくって出発した。川の横を歩いたり、田圃の畦をたどったり、山道を越えたり、ただ黙々と歩く。

夕方近くある村に入った。気がつくと駐在所の前に出ていた。さっそく保安隊員につかまった。

父に何か朝鮮語で質していた。父が、

「朝鮮語はわからない」というと
「朝鮮に何年いた」と日本語で尋ねた。

「三十年いました」と父が答えると、

「三十年間も朝鮮にいて、どうして朝鮮語を覚えなかったのか」

と叱られた。父は、

「すみません」と何度も頭を下げて謝まった。さんざん威張られ、盛んに説教されたあげく、例のように荷物検査があった。検査が終わると、隊長が
「あなたはここに残らんかね」

と私にいった。父と母はまたまた平身低頭して
「それだけは許してください」

と哀訴した。からかい半分だったのか、意外にあっさりと、

「もう行っていい」

と許されたので長居は無用と、走るようにして、その部落を抜けた。

兄の死

朝鮮人の牛車に乗せてもらって、平和に一日歩ける時もあった。山に沿って歩く途中家族に置き去りにされたらしい、骨と皮だけになったおばあさんが、手足をばたばたさせて、断末魔の喘ぎに苦しんでいるのを見た。私たちにはどうしてやることもできず、ただ手を合わせて、傍をすり抜けるようにして通り過ぎたこともあった。

野宿にも馴れてきたが、皆疲れがひどくなってきた。それまでどうにか持ちこたえてきた病身の長兄は、見る影もなくなり、とうとう動けなくなってしまった。顔は青黒くなり、身動き一つしなくなってしまった。私たちはどうすることもできず、ただ兄の様子を見守るばかりだった。人家を見つけて、弟が水をもらいに行った。

父と母が必死になって、

「潔!、きよし!」

と叫んでも返事はない。父と母は一生懸命に兄に呼びかけていた。父は私たちに先に行ってるようにといいつけた。母と私たちは何度も振り返り、涙を流しながら先へ進んだ。

父と兄を残してしばらく歩き、山蔭に父たちの姿が見えなくなった所で父がやってくるのを待った。それは息苦しい時間だった。長い長い時間だった。気が遠くなるほど長い時間に思えたが、実はほんのわずかの短い時間だったのかも知れない。

山蔭から父の姿が現われた。父は一人で歩いてきた。近づいてきた父の手には、兄の髪の毛と爪があった。

「兄ちゃんは?」

と私が尋ねると、父はそれに答えず黙って歩き続けながら、

「仕方がないんだよ。お前たち四人の子供を連れて帰らなければならないんだから」

とだけ呟いて、足を早めた。兄をどのように始末したのか、父はついに語らなかった。

親子六人が涙を流しながら黙って歩いた。

早稲田大学に在学していたころ、帰省の時には、いつもお土産を忘れずに買ってきてくれる優しい

兄だった。一度は立派なフランス人形を買ってきてくれたこともあった。だがお通夜も葬式もしてやる暇もなく、そんな思い出にひたる余裕もなかった。

三十八度線近くの名も知らぬ部落の山の中に、一人置いて行かなければならなかった父母の気持ちはどんなだったろうと思う、いま自分が、その年頃の子供をもつ親の身になってみると、その悲しみ、苦しさが痛いほどわかるのである。

あれから父母は、口にこそ出さなかったが、一日とて消えることのない心の痛みに耐えながら、その一生を送ったのだと思う。あの日、あの時、あのようにするしか方法はなかったのだろうかと、妹だった私でさえ納得することができずにいることなのだから。しかし、父も母も今は天国で兄に会い許してもらっているに違いないと思う。

思い出の記

咸興小学校教頭　江里　久夫

興南小学校へ

昭和八年京城師範学校を卒業して、咸鏡南道の興南小学校に赴任した。新任間もない頃、朝鮮総督府の今井田政務総監の巡視があった。政務総監とは総督府のナンバー2である。

千二百人余りの児童と職員が整列して総監を迎えることになった。その時、東京大学出身の二十六、七歳の若い学務課長が校長を呼び付けて、職員や児童の面前で、整列のさせ方が悪いと叱責した。興南小学校の校長と言えば道内有数の校長である。その校長がこんな若い課長に叱責されるとは…………。この場面を目の当たりにして、夢と希望に輝いて小学校の教員になった私は全く幻滅を感じた。

入隊

翌年四月、短期現役兵として羅南の七十三聯隊に入隊した。その頃師範卒業生は短期現役兵という制度があって、五か月の軍隊生活の後、伍長に任官して除隊することになっていた。然し、短現に行った者は、満二十八歳までに教員を辞めると、もう一度一兵卒からに入隊しなければならない規則があったので、簡単に教員を辞めるわけにもいかなかった。

元山普通学校から咸興小学校へ

除隊後、元山第二普通学校に一年七か月、続いて咸興小学校に十年間勤務して終戦を迎えた。

私は京城師範在学中クラブ活動で教育研究部に所属して、市村秀志先生のペスタロッチについての講義を聞く機会に恵まれた。先生はペスタロッチについての権威者である。ペスタロッチ全集の中の「ペスタロッチに相応しき妻アンナ」の翻訳をされているのが、寄宿舎の図書室にあった。また、演習堂の壁に先輩の描かれた「スタンツの孤児院におけるペスタロッチ」という大きな額が掲げてあった。

これ等の事は、私の長い教員生活の原点になっていたように思う。私は卒業式の訓示で、「総てを他のために、己のためには無」というペスタロッチの墓碑銘を子供達に何度か話したことがある。私の四十年になんなんとする教員生活を振り返って誠に忸怩たるものがあるが、「一人を粗末にする時、教育はその光を失う。進みつつある者のみ人を教える権利あり」一等、先人の言葉を反芻し後進の指導に当たり得たことは幸せであった。

昭和二十年六月頃であったろう。人口十四万人の咸興の町は北支と南支から転進して来た日本軍の兵隊で埋まった。学校や大きな建物は軍に明け渡し校門に立つ衛兵のヒゲ面や異様に光る目に緊迫感を感じた。

八月になり広島、長崎に新型爆弾投下とラジオは放送し、日夜空襲警報のサイレンは戦争末期の慌ただしさを感じさせた。私の勤めていた咸興国民学校も軍に明け渡し、動員で生徒のいない女学校の教室を借り、二部授業を行った。同僚も次々に応召された。

敗戦・ソ連軍進駐

八月十五日天皇陛下の終戦の玉音放送を聞い

た。御真影は神社に集め神火にかけて焼却、校旗や重要書類は学校の中庭で二日間も燃え続けた。若い隼の部隊長、田村少佐は抜刀して満州で最後まで戦うのだと猛訓練を続けた。

岩佐部隊長は当番兵に用件を言い付けて外出させ、部隊長室の小部屋で自決した。道庁の特高の警部は官舎の白壁に、

「大いなる歴史終わりしこの国とともに逝くなり国人われは」の辞世の歌を残し、夫人と共に自決した。

八月も終わりに近いある日、街の中央の公会堂の前に大群衆が集まって、手に手に赤旗を振っていた。ソ連軍の進駐である。重戦車を先頭に堂々と市民の歓呼に応えていた。戦じんに汚れ、真っ黒に日焼けしたヒゲ面には威すくめられる感じさえした。ソ連軍が進駐してからは街の空気は一変した。ひっきりなしに天に向かって空砲が打たれ夜はえい光弾が青い尾を引いた。

「今日ただ今限り日本の主権は抹殺された」というラジオ放送に思わずギクッとした。朝鮮人はあたかも戦勝国民のように対応するようになった。町に氾濫していた旧日本軍は何れかへ連れ去られた。旧道庁の課長以上も何れかへ連れ去られ、道庁にはソ連の赤旗が翻り、共産主義者で刑務所を釈放された人々によって咸鏡南道人民委員会が組織された。日本人も日本人世話会を作って邦人の救済相談を行った。咸興警察署長は刑務所に連行され一か月以上も取り調べられ死体となって家族に引き渡され、咸興府尹は頭中包帯姿で釈放された。

この頃になっても咸興以北の日本人はやはり陸続と咸興に入って来た。街の要所要所や官庁、銀行会社にはスターリンやレーニンの等身大の肖像が掲げられ、ソ連の女の兵隊が男の兵隊の中に伍して二頭立ての馬車を乗り回して勇敢に活動していた。その中をうらぶれた日本人が苦難の生活に耐え切れぬように襤褸をまとってうろうろしていた。街の様子もソ連色が濃くなった。

北からの避難して来た人々

日本人一万人の咸興の街も、一時避難民の流入

で三万人を数えるようになり食料の窮乏で栄養失調になり生気を失って顔色も青黒い者が、月を追って増加した。直接戦場となった北からの避難民は、比較的よかった咸興在住民の家に食料や衣料を乞うたが、仲々満足のいくまで手が伸ばせぬ実情であった。

目ぼしい家は殆ど接収されていた。零下二十度を越える寒さに橋の下にいる避難民を見殺しには出来ない。日本人世話会は人民委員会や、ソ連軍当局に嘆願し、畳一畳に三人の割で詰め込まれた。不衛生な生活で虱をわかし、その虱のまん延が発疹チフス流行の温床となった。罹病者は四十度以上の高熱が続き殆どの者が死んだ。日本人世話会は正式に届け出たものだけでも一日平均六、七十人、一番多い日は、百四十七人の尊い命が奪われた。人民委員会も困惑して、来春までに三千人位は死者が出るとの目安で日本人を使役として地下の凍結せぬうちに、死体を埋葬する壕を掘らせた。犠牲となって倒れたこれ等の人々は今も尚、朝鮮の土となって北朝鮮の一角から戦争を恨んでいるだろう。

刑務所に連行される。家は接収

十月三十日、私は、保安隊に検索されて刑務所に連行され四日目の晩に釈放された。引き揚げの見込みは全然なく越冬の用意に取り掛からねばならなかった。もう、欲も得もなく家族全員生命だけ永らえて帰国できれば上々である。

一時は丸坊主になり男装をし、顔に鍋墨まで塗ってソ連兵の襲撃に逃げ回っていた女も、夕方には化粧をして朝鮮人の周旋人に案内されてソ連兵の宿舎や朝鮮人の家に出入りする者もいた。北朝鮮の冬に家を追われることは死刑の宣告にも等しいが、遂に十二月十日、わが家もソ連軍の将校に接収されてしまったのである。同居していた避難者十人も散り散りになり、私たちは漸く、知人の二階の小部屋を探して移った。

ペトロフ少佐

発疹チフスの流行によって学校を病院に改造して患者を強制的に収容した。ソ連から薬品を取り寄せペトロフ軍医少佐が病院長となり治療にあたった。彼は穢い患者の胸に耳を当てて心音を聞き、全く献身的に診療したが、ついに感染して異境の地に倒れた。彼の葬儀はスターリン葬と言うらしく厳粛であった。遺骸は顔を見えるようにし、自動車に載せ、夫人や子供がその後に続き、一箇中隊位の儀仗兵が続いた。国境を越え日本人の為に尊い犠牲となった彼に街頭に整列して永遠の訣別をした。

この間にも日本人委員会はソ連衛戍司令官スパーク中佐に早く日本に帰国させるよう再三交渉したが一向に埒があかない。二月頃から生活はぎりぎりの所まで追い詰められた。暖かくなるに従って脱出するより他に道はないと皆考えるようになった。

引き揚げ開始

三月、北朝鮮の一角にも春を感じられるようになり、三十人、五十人、と団体を作ってとに角南下しようと歩き始めたが、途中発見され散々な目にあって無一文になって追い返された。

失敗しても無一物になっても脱出行は続いた。

三月一日の三一記念日には東条や憲兵が死刑場に引かれる様を模して踊り狂った。だが中には、「あなた達は帰る日本がある。我々は帰る所はない。朝鮮独立と言ってもいつのことかわからない。日本人は帰りさえすれば幸福だ」と激励する者もいた。

四月十日、咸興から北へ十六キロの漁港西湖津を目指して出発することになった。前途を思えば全く不安であったが、運を天にまかせるより仕方がなかった。妻は次女を背負い私はわずかばかりの食糧を入れたリュックサックを背負って長女の手を引いて東に向かって歩き始めたが、保安隊やソ連兵の目をかすめて彼方、こちらを迂回しながらの道程は並大抵のことではなかった。

三日目の晩、十時のサイレンを合図に乗船することになったが、百メートル程白い砂浜をまっしぐらに走った時ソ連兵が現れ、皆は荷物を放り出して倉庫の中に転げ込んだ。「これで失敗か」と皆はがっかりしたが、保安隊がソ連兵を連れて酒屋に行ったので、その隙に次々と乗船した。

月は皓々と冴えていたが風は強く、白い波が磯を噛んでいた。百五十名余り全員が乗り終わるや否や、船は全速力で南へ向かって波を蹴った。「脱出成功か?」しかし二時間位走った時だった船のエンジンの故障で花島という小さな島陰に錨を下ろした。花島のそばは、旧日本軍の爆撃隊がいた所でソ連軍が占領していた。上陸すれば一網打尽である。不安のままこの島陰に三日間、波に揺られていた。食事も出来ず、船酔いで血を吐いている者も相当あった。

あまりの苦しさに「捕らえられてもよいから上陸させてくれ」と口々に言いだした。その時、西湖津で漁業をやっていた三、四人が通りがかりの漁船に頼み、便乗させてもらって西湖津まで引き返して行った。三日目の午後ジャンクの様な帆船がやって来た。全員この船に乗り換えた。帆船は船足はのろく、風がない時は一時間経っても同じ場所に漂っていた。時折すれ違う船には明太を積んで元山に行く船だとごまかした。乗り移って直ぐ、ブローカーの朝鮮人が一人五百円出さぬと向こうの岬に船をつけると言う。無一文の者が多く、洋服の上着を脱いで渡す者、ゴム長を渡す者もいた。二日間の航海は続いた。発狂した娘さんが時々、

「座敷の庭の梅の木に天狗がいた。ウグイスが止まってホーホケキョと鳴いた」と声を張り上げて叫んでいた、が、皆黙って笑う者もいなかった。

途中、同じような脱出船にも会った。見ると胸の遺骨の白布が痛々しく印象的であった。互いに手を振って成功を祈った。

注文津に着く

西湖津を出てから五日目午後九時過ぎ三十八度線をわずかに越えた江原道の注文津港に着いた。この線が南北朝鮮を分ける運命の境界線になろうとは!

一転にわかにかき曇り大粒の雨が降り出した。真っ暗な波止に上陸した時は。五日間殆ど飲まず食わずの者ばかりで、皆ふらふらであった。命はもう助かったと肩を組み励まし合って長い波止場を歩いた。港務所に届けたら今夜は遅いから倉庫

の中で寝てくれ、とのことで大きな倉庫の中の丸い縄の上に寝た。翌日米軍に交渉してトラックで京城に出ようとしたが、「陸路は危険だ是非船で南下せよ」と言う。一人当て一合の米を配給してくれた。

上陸二日目の晩は、荒れ果てた日本人の料理屋であった家に分宿した。三日目に今度は故障しない様な船を借り入れた。ここで又、一人三百円ずつ出せと言うので、持って来た一、ニ枚の着物を売ってしまった。

三日目の夕方八時頃、船は注文津港を出た。船足は速い、天候は時化て来たが、もう捕らわれる心配はなかった。所が油が悪いため度々故障して何度も流された。江原道の太白山脈の山々が海岸まで迫って港らしい港はない。十六時間で慶尚北道の浦項に着く予定だったが、とうとう竹辺に入港しなければならなかった。食料を求めるために上陸しようとしたら、警察から二人の巡査が来て阻止した。

ぼろぼろの着物を纏い髯ぼうぼうの乞食同様の我々を見て、〝一度日本に帰ったが生活が出来ず、再び朝鮮に戻って来たもの〟と思ったらしい。しかし事情が判明すると快く上陸を許し、朝鮮宿を案内した。

宿の主人は、〝自分の兄も日本にいる。〟と言った。こちらが北朝鮮の話をすると驚いていた。一個二十円の握り飯を買って船に帰り、その晩は船に泊まった。翌朝、日の出と共に出港した。船は何の不安もなく南下し、夕方浦項に入港した。米軍兵士がトラックで荷物を運びに来てくれたが、疑って誰も載せなかった。その夜は日本人のお寺に泊まった。米や食料も支給してくれた。

町の辻には「国父李承晩博士入場万歳」のビラが張ってあった。北朝鮮では「売国奴金李承晩を打倒せよ」と書いたビラが方々に張ってあったのに何という変わりようだろう。

一つの民族が二つに分かれて互いに敵視しなければならなくなった朝鮮民族の悲劇に、むしろ同情した。

浦項に二泊して釜山まで米兵五名が列車に乗り

込んで送ってくれた。釜山には日本人世話会も残留していた。一泊後、引き揚げ船大隅丸で山口県の仙崎港に上陸した。

〝国破れて山河あり〟青い山々を眺めた時は涙・涙、全員声を挙げて泣いた。夢にまで見た故国の土を、かくして踏んだ。

故郷では

このような筆舌に尽くし難い八か月の抑留生活、続く脱出行。興南、西湖津を経て命からがら郷里に辿り着いたのは咸興を出てより十七日目であった。五歳になったばかりと、一歳十か月の二人の子供を生きて連れ帰ることが出来たのはせめてもの幸せであった。

襤褸を纏い虱をわかし、見るも哀れな親子の姿であった。郷里の家ではその日、奇しくもフィリピンのセブ島で戦死した弟の四十九日の法要が行われていた。一足先に北支から帰っていた兄夫婦の家に同居し、わずかばかりの農業を手伝っていたが、煙草銭にも事欠くようになった。

その中、朝鮮関係残務整理事務所から

「あなたの身分は勅令二七八号に依り自然退官になる」

旨の通知を受けた。

やがて、石田小学校に助教として採用されることになり地方教官二級という厳しい辞令を貰った。当時、教職員の適格審査には合格したが、戦後のインフレで月俸六十円という金額は焼酎五合余りの価格に等しかった。

そこで、労働組合が二・一ストを計画したが、進駐軍の命令で中止になった。

暫くして新制中学が発足、石田中学校に転勤した。その後那賀中学、箱崎中学、鯨伏中学、と各中学校長を経て、母校の石田中学校長を拝命、丸九年間在職して昭和五十年三月に退職した。

京城師範学校卒業以来、紆余曲折はあったが四十一年余りも勤務して教員生活に終止符を打った。

追記

敵を知り、己を知らなければ戦いには勝てませぬ。当時の日本陸軍の最高指導者たちは、はたして敵国の事情をよく把握していたのでしょうか？決してそうではなかったのではないかと思います。無謀な戦争に走ったのは、米・英の持つ富の力の認識が欠如していたのだと思います。

明治維新が成功したのは、世界に目覚めた日本人が、何人もの使節団を外国に送って、海外の知識をしっかりと学ぶ事が出来たからこそで、イギリスの産業革命に驚き、アメリカの自由の精神と物量の豊富さに感心した日本人がたくさん居た事、後に新政府の重鎮になる優秀な人材は、海外を親しく視察することによって、新しい日本を創り上げる事に成功している。

初代朝鮮総督府長官となった伊藤博文は、半島の学校教育に力を注ぎ、巨費を投じて多くの学校を建設した。日本はその後の半島教育に対する情熱が全く不足していたのではないかと思われる。教育行政の施政者たちは、伊藤の精神を生かせず、いたずらに差別観念を助長してきた。

「天孫降臨の日本民族は優秀である」と教えられ、では朝鮮民族は？というと、「朝鮮民族もまた優秀である」とはなかなか教えられなかった。朝鮮の人が徐々に反抗心をはぐくんでいくようになったのは、博文以降の教育行政の貧困と怠慢であると思う。

陸軍の最高責任者たちは、誰もアメリカ・イギリスなどの強大国に学びに行っていない。東条がわずかに士官学校卒業時、ドイツ・スイスに留学したと書いてある。山本五十六・東郷茂徳らのアメリカ通の意見は、陸軍の重鎮、阿南・石原・板垣・土肥原・東条などの陸軍組によって抑えられてしまっている。如何な国粋派の彼らでも、アメリカに半年間でも留学しておれば、おのずと信念も変わっていたのではなかろうか？　物量の差異に気が付かなかった事はないと思う。

日本の商社マンたちは、命を懸けて、家族を犠牲にして世界の果てまでも飛び回っている今日。

日本国の政治の中心にいる施政者たちは、世界の情勢に疎からざるべからず。

陸・海・空の軍人幹部は必ず世界の大国に直接留学させ学ばせるべきであると思う。

終わり

引用および参考文献

赤尾　覚　著
「望郷」北朝鮮引き揚げ者がつづる終戦誌
松尾　いさ子「平和の礎」一八号
秦　郁彦　著「慰安婦と戦場の性」
咸興女学校同窓会誌「あかしあ」
笹沼　武「咸興俯瞰図」
早野　朝子「遥かなる朝鮮38度線」
堀　正義「咸興府の資料」

ヤポンスキーマダム・ダワイ

平成二十八年二月十五日　初版第一刷　発行

著　者　武田　直子

発行所　ブイツーソリューション
〒四六六―〇八四八
名古屋市昭和区長戸町四―四〇
電話　〇五二―七九九―七三九一
FAX　〇五二―七九九―七九八四

発売元　星雲社
〒一一二―〇〇一二
東京都文京区大塚三―二一―一〇
電話番号　〇三―三九四七―一〇二一
FAX番号　〇三―三九四七―一六一七

印刷所　有限会社　幸進印刷

万一、落丁乱丁のある場合は送料当社負担でお取り替えいたします。
ブイツーソリューション宛にお送りください。
定価はカバーに表示してあります。

ISBN 978-4-434-21522-3